TONI MORRISON

IM DUNKELN SPIELEN

WEISSE KULTUR UND LITERARISCHE IMAGINATION

ESSAYS

Deutsch von Helga Pfetsch
und Barbara von Bechtolsheim

ROWOHLT

Die Originalausgabe erschien 1992 unter dem Titel
«Playing in the Dark. Whiteness and the Literary Imagination»
bei der Harvard University Press, Cambridge, Mass.,
und London.
Barbara von Bechtolsheim übersetzte den Essay
«Vom Schatten schwärmen», Helga Pfetsch alle anderen Texte.

1. Auflage März 1994

Umschlaggestaltung Walter Hellmann
(Foto: Brian Lanker)
Satz aus der Garamond (Linotronic 500)
Gesamtherstellung Clausen & Bosse, Leck
Printed in Germany
ISBN 3 498 04355 2

INHALT

VORWORT

Vor einigen Jahren, ich glaube, es war 1983, las ich Marie Cardinals *The Words To Say It**. Mehr noch als die Begeisterung der Person, die mir das Buch empfahl, überzeugte mich der Titel: fünf Wörter – entlehnt von Boileau –, die das gesamte Programm und eindeutige Ziel eines Autors oder einer Autorin von Romanen zum Ausdruck bringen. Marie Cardinals Vorhaben hatte allerdings keinen fiktionalen Charakter; vielmehr sollte es ihren Wahnsinn, ihre Therapie und den komplizierten Prozeß ihrer Heilung dokumentieren, und dies sprachlich so präzise und plastisch wie nur möglich, um sowohl die Erfahrung selbst als auch ihr Verständnis davon fremden Menschen begreiflich zu machen. Die Geschichten, in deren Form sich das Leben zu gießen scheint, kommen bei bestimmten Arten der Psychoanalyse mit enormer Kraft an die Oberfläche, und Cardinal erweist sich als die ideale Autorin, diesen «Tiefenaspekt» ihrer Lebensgeschichte wiederzugeben. Sie hat mehrere Bücher geschrieben, den Prix International gewonnen, Philosophie unterrichtet und bekennt im Verlauf ihrer Reise in die Gesundheit, daß sie schon immer vorhatte, eines Tages darüber zu schreiben.

Es ist ein faszinierendes Buch, und obwohl ich seiner Klassifizierung als «autobiographischer Roman» anfangs sehr skeptisch gegenüberstand, wird rasch deut-

* Französischer Originaltitel: *Les Mots pour le dire.* Wörtlich: «Die Worte, um es zu sagen». (Anm. d. Übers.)

lich, wie genau diese Bezeichnung trifft. Es ist angelegt
 wie die meisten Romane: Szenen und Dialoge folgen aufeinander und sind so angeordnet, daß sie die üblichen, an eine Erzählung geknüpften Erwartungen erfüllen. Es gibt Rückblenden, gut placierte beschreibende Passagen, ein sorgfältig bemessenes Handlungstempo und Entdekkungen zur rechten Zeit. Die Überlegungen der Autorin, ihre Strategien und ihr Bemühen, dem Chaos einen Zusammenhang zu geben, sind Autorinnen und Autoren von Romanen wohlvertraut.

Von Anfang an drängte sich mir eine Frage immer wieder auf: Wann genau merkte die Autorin, daß sie unter psychischen Störungen litt? Welcher Augenblick in ihrer Geschichte, welche aufschlußreiche, vielleicht sogar spektakuläre Szene überzeugte sie davon, daß ihr der Zusammenbruch drohte? Knapp vierzig Seiten nach Beginn des Buches beschreibt sie diesen Moment, ihre «erste Begegnung mit der SACHE».

> «Meinen ersten Angstanfall hatte ich in einem Konzert von Louis Armstrong. Ich war neunzehn oder zwanzig ... Armstrong mit seiner Trompete wird improvisieren. Er wird ein Stück aufbauen, in dem jede einzelne Note für sich und für den Gesamtzusammenhang wichtig war. Ich wurde nicht enttäuscht. Die Atmosphäre heizte sich schnell auf. Es erhoben sich Töne zu einem wunderbaren Gebäude. Wie Gerüste und Eckpfeiler stützten die übrigen Jazzinstrumente Armstrongs Trompete, schufen ausreichenden Raum für die Exposition des Themas, für die Durchführung und für das Finale. Die Töne drängten sich dicht aneinander, vermischten sich,

> prallten aufeinander und bildeten den musikalischen Grundstock. Aus diesem Schoß wurde eine einzigartige Note geboren. Es tat fast weh, ihrem Klang zu folgen, so bezwingend waren ihre Schwingungen und Dauer. Dieser Ton zerrte an den Nerven der gespannten Zuhörer.
>
> Ich bekomme heftiges Herzklopfen, das bald die Musik zu übertönen scheint. Mein Herz rüttelt am Gitter meines Brustkorbs, schwillt an, drückt meine Lungen so sehr zusammen, daß ich kaum noch Luft bekomme. Und plötzlich erfaßt mich Panik: die Vorstellung, hier zu krepieren, inmitten dieser Krämpfe, dem Gestampfe und Gejohle der Menge. Wie eine Verrückte rase ich auf die Straße.» *

Ich erinnere mich daran, wie ich beim Lesen lächeln mußte, teils aus Bewunderung für die Deutlichkeit ihrer Erinnerung an die Musik – ihre Unmittelbarkeit –, teils weil mir durch den Kopf schoß: Was, um alles in der Welt, hatte Louie an diesem Abend gespielt? Was war an seiner Musik, das dieses empfindsame junge Mädchen hyperventilierend hinaus auf die Straße trieb, wo die Schönheit und die Verheerung einer Kamelie sie so beeindruckte, «grazil von Erscheinung, aber innerlich zerrissen»?

Diesen Vorfall in Worte zu fassen, war entscheidend für den Beginn ihrer Therapie, aber die Bildersprache, die als Katalysator für ihren Angstanfall wirkte, bleibt

* Marie Cardinal: *Schattenmund*. Deutsch von Gabriele Forberg und Asma El Moutei Semler. Reinbek bei Hamburg: Rowohlt 1979. (Anm. d. Übers.)

unerwähnt – weder spricht sie selbst davon, noch ihr Analytiker, noch der berühmte Arzt Bruno Bettelheim, der sowohl das Vorwort als auch eine Nachbemerkung schrieb. Keiner interessiert sich dafür, was ihre starke Todesfurcht auslöste («Ich sterbe! Ich sterbe!» denkt sie und schreit es laut hinaus), was ihre Furcht davor, die Herrschaft über ihren Körper zu verlieren («Nichts kann mich beruhigen, und ich renne weiter») und was endlich diese merkwürdige Flucht vor dem Improvisationsgenie, vor der erhabenen Ordnung, dem Gleichgewicht und der Illusion von Dauer. Die «*einzigartige* Note, deren Klang zu folgen fast *weh tat*, so bezwingend waren ihre *Schwingungen* und *Dauer*; dieser Ton, der *an den Nerven* der gespannten Zuhörer *zerrte*» [nicht denen von Armstrong offenbar. Hervorhebungen von der Autorin]. Unerträgliches Gleichgewicht und unerträgliche Dauer; nervenzerreißende Balance und Permanenz. Dies sind wunderbare Tropen für die Krankheit, die im Begriff ist, Cardinals Leben auseinanderzubrechen. Hätte ein Konzert von Edith Piaf oder eine Komposition von Dvořák die gleiche Wirkung gehabt? Gewiß hätte beides diese Wirkung haben können. Meine Aufmerksamkeit hingegen konzentrierte sich auf die Frage, ob die kulturellen Assoziationen zum Jazz genauso bedeutend für Cardinals «Besessenheit» waren wie deren intellektuelle Grundlagen. Mich interessierte, und zwar schon seit geraumer Zeit, wie Schwarze in literarischen Werken, die sie selbst nicht geschrieben haben, kritische Momente der Entdeckung oder des Wandels oder der Emphase auslösen können. Ich hatte sogar schon, ganz nebenbei und wie im Spiel, solche Fälle zu sammeln begonnen.

Louis Armstrong als Katalysator war ein neuer Beitrag

zu dieser Kartei und ermutigte mich, über die Wirkungen des Jazz nachzudenken – darüber, wie er Instinkte, Gefühle und den Intellekt des Zuhörers beeinflußt. Später wird in Cardinals Autobiographie noch ein anderer erhellender Moment beschrieben. Diesmal handelt es sich jedoch nicht um eine heftige physische Reaktion auf die Kunst eines schwarzen Musikers; vielmehr geht es um eine begriffliche Antwort auf ein schwarzes oder, genauer, nichtweißes Symbol. Die Autorin bezeichnet die Manifestation ihrer Krankheit – die halluzinatorischen Bilder von Furcht und Selbsthaß – als die SACHE. Beim Rekonstruieren des Ursprungs der überaus abstoßenden Gefühle, die die SACHE auslöst, schreibt Cardinal: «Mir scheint, die SACHE hat in mir endgültig Wurzeln gefaßt, als ich begriff, daß wir Algerien vernichteten. Denn Algerien war meine eigentliche Mutter. Ich trug es in mir wie ein Kind das Blut seiner Eltern.» Im folgenden beschreibt sie den schmerzhaften Konflikt, den der Algerienkrieg in ihr – einem in Algerien geborenen französischen Kind – auslöste und ihre Assoziation dieses Landes mit Kindheitsfreuden und keimender Sexualität. In bewegenden Bildern von Muttermord, dem weißen Abschlachten einer schwarzen Mutter, findet sie den Ursprung der SACHE. Wieder wird eine innere Verwüstung mit einer von der Gesellschaftsordnung bestimmten Beziehung zur Rasse in Verbindung gebracht. Cardinal gehörte zu den Kolonialisten, ein weißes Kind, das die Araber liebte und von ihnen geliebt wurde, aber vor Beziehungen zu ihnen, die über ein distanziertes und kontrolliertes Verhältnis hinausgingen, stets gewarnt wurde. In der Tat: eine weiße Kamelie, «grazil von Erscheinung, aber im Innern zerrissen».

In Cardinals Erzählung sind Schwarze oder Farbige
12 und symbolische Darstellungen des Schwarzen jeweils Symbole für das Wohlwollende *und* das Böse; für das Spirituelle (aufregende Geschichten von Allahs geflügeltem Pferd) *und* das Lüsterne; für «sündige», aber köstliche Sinnlichkeit, die mit Forderungen nach Reinheit und Zurückhaltung gepaart ist. Diese Symbole nehmen über die Seiten der Autobiographie hin Gestalt an, bilden Muster, treiben ihr Spiel. Eine von Cardinals frühesten Erkenntnissen im Verlauf der Therapie betrifft die vorpubertäre Sexualität. Als sie diesen Aspekt ihres Ichs versteht und nicht mehr verachtet, wagt es Marie Cardinal, aufzustehen und beim Verlassen der Praxis zu dem Arzt zu sagen: «Sie sollten diese Skulptur nicht in Ihrem Arbeitszimmer stehenlassen, sie ist schrecklich.» Und kommentiert dann: «Es war das erste Mal, daß ich ihn nicht wie eine Kranke anredete.» Den Durchbruch signalisierend und strategisch wichtig für seine Artikulation steckt dieses Symbol für Abscheu und Furcht in einer Skulptur, über die sie, die nunmehr befreite Patientin, eine gewisse Macht hat.

Viele andere Beispiele solcher erzähltechnischer Schaltstellen – Metaphern; Aufforderungen; rhetorische Gesten des Triumphs, der Verzweiflung und des Abschließens, die davon abhängig sind, ob die das Schwarzsein begleitende assoziative Sprache von Furcht und Liebe angenommen wird – sammelten sich in meiner Kartei. Beispiele, die ich für eine Kategorie von Quellen an Bilderreichtum hielt wie Wasser, Flucht, Krieg, Geburt, Religion und so weiter, die das Handwerkszeug eines Schriftstellers, einer Schriftstellerin ausmachen.

Solche Überlegungen zu Marie Cardinals Text sind an

sich nicht unbedingt nötig, um das Buch würdigen zu können; sie sind einfach nur Beispiele dafür, wie unterschiedlich wir alle lesen, uns packen lassen und dabei gleichzeitig das Gelesene noch *beobachten*. Ich nehme die Gedanken, die mir beim Lesen gerade dieses Werks kamen, hier mit auf, weil sie die Stadien meines Interesses zeigen, erstens an dem überall vorkommenden Gebrauch von schwarzen Bildern und schwarzen Menschen in expressiver Prosa; zweitens an den verkürzten, als selbstverständlich hingenommenen Voraussetzungen, die in ihrem Gebrauch liegen, und schließlich wegen des Themas, um das es in diesem Buch geht: die Quellen dieser Bilder und ihre Wirkung auf die literarische Imagination und ihr Produkt.

Der Hauptgrund dafür, daß mir diese Dinge so wichtig erscheinen, ist, daß ich nicht ganz denselben Zugang zu den traditionell so nützlichen Konstrukten des Schwarzseins habe. Weder Schwarzsein noch der Begriff «Farbige» stimuliert in mir Vorstellungen von exzessiver, grenzenloser Liebe, Anarchie oder Routine-Furcht. Auf diese metaphorischen Verkürzungen kann ich mich nicht einlassen, denn als schwarze Schriftstellerin kämpfe ich mit einer und durch eine Sprache, die versteckte Anzeichen rassischer Überlegenheit, kultureller Hegemonie und abfälliges Ausgrenzen von Menschen und ihrer Sprache – die in meinen Werken keineswegs Randerscheinungen oder schon gänzlich bekannt und leicht verständlich sind – machtvoll beschwören und noch verstärken kann. Meine Verletzlichkeit würde eher da liegen, wo Schwarzsein romantisiert, als wo es dämonisiert wird, eher da, wo Weißsein verunglimpft, als wo es konkretisiert wird. Die Arbeit, die ich schon immer tun wollte, macht es erforderlich, daß ich es lerne, Wege zu finden, um die Sprache von ihrer manchmal unheimlichen, oft trägen und fast immer voraussagbaren Verwendung von rassisch geprägten und festgelegten Ketten zu befreien. (Die einzige Kurzgeschichte, die ich je geschrieben habe, «Recitatif», war ein Experiment, der Versuch, in einer Erzählung, in der es um zwei Gestalten verschiedener Rassen geht, für die ihre rassische Identität das Entscheidende ist, alle rassischen Kodes wegzulassen.)

Schreiben und Lesen sind für Schreibende nicht ganz so verschieden. Beide Tätigkeiten verlangen, wach und bereit zu sein für unerklärliche Schönheit, für die komplizierte oder einfache Eleganz schriftstellerischer Vorstellungskraft, für die von der Phantasie heraufbeschworene Welt. Beide erfordern Achtsamkeit für die Stellen, wo die Vorstellungskraft sich selbst sabotiert, sich selbst die Türen verschließt, sich die Sicht verdirbt. Schreiben wie Lesen bedeutet, sich klar zu sein über die Vorstellungen des Schreibenden von Risiko und Sicherheit sowie darüber, wie Sinn und Ver-Antwort-lichkeit heiter gelassen erreicht oder schwitzend errungen werden.

Antonia S. Byatt hat in *Besessen* bestimmte Arten zu lesen beschrieben, die mir untrennbar verknüpft zu sein scheinen mit bestimmten Schreiberfahrungen, «wo das Wissen, daß wir den Text anders, besser oder genauer *erkennen werden*, jeder Möglichkeit vorauseilt zu sagen, was wir von ihm erkannt haben und wie wir es erkannt haben. Bei solchen Lektüren folgt dem Eindruck, daß der Text dem Leser als etwas völlig Neues, nie Gesehenes erscheint, beinahe gleichzeitig der Eindruck, daß dieses Neue *immer schon* enthalten war, daß der Leser dies wußte und es *immer schon* gewußt hat, obwohl dieses Wissen sich in diesem Augenblick zum erstenmal bemerkbar gemacht hat, erkannt worden ist.» *

Die Imagination, die Werke hervorbringt, die ein Wiederlesen vertragen oder sogar dazu einladen, die nicht nur zu gegenwärtigen Leseerlebnissen auffordert, sondern auch zu zukünftigen, setzt eine mitteilbare Welt voraus und eine unendlich flexible Sprache. Lesende und Schreibende bemühen sich gleichermaßen um die Interpretation und Vorführung von mitteilbaren Vorstellungswelten innerhalb einer gemeinsamen Sprache. Und obwohl auf dieses Bemühen hin das Positionieren des Lesers berechtigte Ansprüche hat, ist doch die Gegenwart des Autors oder der Autorin – seine oder ihre Absichten, Blindheit oder Sehfähigkeit – Teil der imaginativen Aktivität.

Aus Gründen, die an dieser Stelle keiner Erklärung bedürfen sollten, wurden die Leser und Leserinnen praktisch der gesamten amerikanischen Literatur bis vor sehr kurzer Zeit und unabhängig von der Rasse des Autors oder der Autorin als weiß angenommen. Mich interessiert, was diese Annahme für die literarische Imagination bedeutet hat und bedeutet. Wann bereichert «Unbewußtheit», was die Rasse betrifft, oder Bewußtsein der Rasse die interpretative Sprache, und wann macht das eine oder andere sie ärmer? Welche Konsequenzen hat es in der von Rassenvorurteilen durchdrungenen Gesellschaft, die die Vereinigten Staaten sind, wenn das schrei-

* Antonia Byatt: *Besessen*. Aus dem Englischen von Melanie Walz. Frankfurt am Main und Leipzig: Insel 1993. (Anm. d. Übers.)

bende Ich als nicht rassengebunden und alle anderen als
16 einer Rasse zugehörig hingestellt werden? Was passiert mit der schriftstellerischen Imagination eines schwarzen Autors, der sich auf irgendeiner Ebene *immer* bewußt ist, daß er seine eigene Rasse (oder sich trotz seiner Rasse) einer Rasse von Lesern präsentiert, die sich selbst als «universell» oder rassenlos versteht? Mit anderen Worten, wie wird «literarisches Weißsein» und «literarisches Schwarzsein» erzeugt, und was ist die Folge dieser Konstruktion? Wie wirkt sich die fest verankerte Annahme einer rassischen (nicht rassistischen) Sprache im Unternehmen Literatur aus, das doch hofft und manchmal sogar behauptet, «humanistisch» zu sein? Wann ist dieses hochgesteckte Ziel in einer rassenbewußten Kultur tatsächlich erreicht? Wann nicht und warum nicht? Das Leben einer Nation von Menschen, die beschlossen haben, daß ihre Weltsicht ein Programm für individuelle Freiheit *und* Mechanismen einer verheerenden Rassenunterdrückung vereint, bietet dem Schriftsteller oder der Schriftstellerin eine einzigartige Landschaft. Wenn diese Weltsicht als wirkende Kraft ernstgenommen wird, dann bietet die Literatur, die innerhalb und außerhalb ihres Wirkungsfelds produziert wird, eine nie dagewesene Gelegenheit, die Spannkraft und Schwerkraft, die Unangemessenheit und die Schlagkraft des imaginativen Akts zu begreifen.

Das Nachdenken über diese Fragen hat mich als Schriftstellerin und als Leserin gefordert. Es hat beide Tätigkeiten schwerer und unendlich viel lohnender gemacht. Es hat auch mein Vergnügen an dem erhöht und geschärft, was Literatur unter dem Druck, den von Rassenvorurteilen durchdrungene Gesellschaften auf den kreativen Prozeß ausüben, zu leisten vermag. Immer wieder staune ich über den reichen Schatz, den die amerikanische Literatur darstellt. Wie unwiderstehlich ist doch das Studium jener Schriftsteller und Schriftstellerinnen, die Verantwortung für *alle* Werte übernehmen, die sie in ihre Kunst einbringen. Wie verblüffend ist die Leistung derer, die für «die Worte, um es zu sagen» eine mitteilbare Sprache gesucht und gewonnen haben.

Toni Morrison

Im Dunkeln spielen ist das Ergebnis von Fragen, die ich mir in drei zu Ehren von William E. Massey Sr. an der Harvard University gehaltenen Vorlesungen gestellt habe, und zugleich Grundlage eines Seminars über amerikanische Literatur. In einer offenen und anspruchsvollen akademischen Umgebung war es mir möglich, diese Untersuchungen voranzutreiben und meine Ideen im Gespräch mit außergewöhnlichen Studentinnen und Studenten zu erproben. Letzteres war für meine Arbeit so wichtig, daß es mir geradezu zwingend erscheint, den Studentinnen und Studenten von Princeton, die ich mit so großer Freude unterrichtet habe, diese Seiten zu widmen. Drei von ihnen haben mit Recherchen einen wertvollen Beitrag dazu geleistet: Dwight McBride, Pamela Ali und vor allem Tara McGowan.

Große Hilfe beim Umsetzen der Vorlesungen in ein lesbares Manuskript erhielt ich von Peter Dimock. Ich bin ihm dankbar für sein Verständnis und für seine ungewöhnliche und taktvolle editorische Arbeit.

1
SCHWARZE ANGELEGENHEITEN

Mich rührt an dieser Bilderflucht
Ein Traum mit ihr verflochten ganz:
Ich denk, eine unendlich sanfte
Unendlich leidende Substanz.

T. S. Eliot,
Präludien IV

Die folgenden Kapitel sind ein Plädoyer dafür, die Erforschung der amerikanischen Literatur auf eine, wie ich hoffe, weitere Landschaft auszudehnen. Ich möchte gewissermaßen die Landkarte einer kritischen Geographie entwerfen und diese Karte dazu benutzen, so viel Raum für Entdeckungen, intellektuelle Abenteuer und detaillierte Erkundungen zu eröffnen, wie es einst die ersten kartographischen Darstellungen der Neuen Welt taten – *ohne* das Mandat für Eroberungen allerdings. Ich beabsichtige, ein attraktives, fruchtbares und provokatives kritisches Projekt zu skizzieren, unbehindert von Subversionsträumen oder von zum Sammeln aufrufenden Gesten vor Festungsmauern.

Ich möchte von vornherein klarstellen, daß ich für dieses Vorhaben nicht nur und nicht einmal hauptsächlich das Handwerkszeug der Literaturwissenschaftlerin mitbringe. Als Leserin (bevor ich Schriftstellerin wurde) las ich, wie ich es gelehrt worden war. Aber der Schriftstellerin, die ich geworden bin, offenbarten sich die Bücher ganz anders. In dieser Eigenschaft muß ich ein ungeheures Vertrauen in meine Fähigkeit setzen, mir andere Menschen vorzustellen, und in meine Bereitschaft, bewußt in die Gefahrenzonen, die andere für mich darstellen, hineinzuprojizieren. Ich fühle mich angezogen von der Art und Weise, wie alle Schriftsteller dies tun: wie Homer einen Herzen fressenden Zyklopen so darstellt, daß es uns vor Mitleid das Herz zerreißt; wie Dostojewski uns zur Vertrautheit mit Swidrigailow und Fürst Myschkin zwingt. Ich habe Ehrfurcht vor der Größe von Faulkners Benjy, Henry James' Maisie, Flauberts Emma, Melvilles Pip, Mary Shelleys Frankenstein – jede und jeder von uns könnte diese Liste fortsetzen.

Mich interessiert, was diesen Prozeß, nämlich sich in etwas hineinzuversetzen, dem man entfremdet ist, in Gang bringt und ermöglicht – und was den Beutezug zu dichterischen Zwecken in jene Ecken des Bewußtseins verhindert, die dem Zugriff der schriftstellerischen Phantasie entzogen und versperrt sind. Meine Arbeit macht es erforderlich, daß ich darüber nachdenke, wie frei ich als afrikanisch-amerikanische Schriftstellerin in meiner geschlechtsfixierten, sexualisierten und von Rassenvorurteilen geprägten Welt überhaupt sein kann. Das Nachdenken über das ganze Ausmaß von Implikationen meiner Situation (und das Ringen mit ihnen) veranlaßt mich, zu erwägen, was geschieht, wenn andere Schriftsteller in einer in einem hohen Maße – auch durch ihre Geschichte – von Rassenvorurteilen geprägten Gesellschaft arbeiten. Für sie – wie für mich – ist Imaginieren nicht nur Sehen oder Hinsehen; es bedeutet auch nicht, sich selbst unversehrt in den anderen mit hineinzunehmen. Es heißt, um des Werkes willen zu *werden*.

Mein Projekt entspringt dem Entzücken, nicht der Enttäuschung. Es entspringt meinem Wissen darüber, wie Schriftsteller Aspekte ihres sozialen Bodens in Aspekte von Sprache umgestalten und wie sie andere Geschichten erzählen, heimliche Kriege kämpfen, alle möglichen Debatten führen, die in ihren Texten unterdrückt werden. Und es entspringt meiner Gewißheit, daß Schriftsteller auf irgendeiner Ebene immer wissen, daß sie dies tun.

Ich denke schon seit geraumer Zeit über die Gültigkeit oder Anfechtbarkeit bestimmter Annahmen nach, die von Literaturhistorikern und -kritikern üblicherweise akzeptiert und als «gesichertes Wissen» gehandelt werden. Dieses gesicherte Wissen geht davon aus, daß der traditionelle amerikanische Literaturkanon frei, unbeeinflußt und nicht geformt sei von der vierhundert Jahre alten Präsenz zunächst von Afrikanern und später afrikanischen Amerikanern in den Vereinigten Staaten. Es wird behauptet, daß diese Präsenz – die die Politik, die Verfassung und die gesamte Kulturgeschichte formte – keinen bedeutsamen Stellenwert und keine bedeutsame Konsequenz bei der Entstehung und Entwicklung der Literatur dieser Kultur gehabt habe. Überdies behauptet dieses gesicherte Wissen, daß die charakteristischen Merkmale der amerikanischen Literatur von einem spezifischen «Amerikanischsein» ausgehen, das von dieser Präsenz völlig getrennt und nicht durch sie zu erklären sei. Unter Literaturwissenschaftlern scheint es eine mehr oder weniger stillschweigende Übereinkunft zu geben, daß die amerikanische Literatur eindeutig immer die Domäne weißer männlicher Ansichten, weißen männlichen Genies und weißer männlicher Stärke gewesen sei und daß diese Ansichten, dieses Genie und diese Stärke deshalb in keinerlei Beziehung zu der überwältigenden Präsenz schwarzer Menschen in den Vereinigten Staaten stünden, ja, weit davon entfernt seien. Diese Übereinkunft besteht über eine Bevölkerung, die lange vor jedem bekannten amerikanischen Schriftsteller existierte und die, so glaube ich heute, wie kaum eine andere Kraft unbemerkt einen höchst radikalen Einfluß auf die Literatur unseres Landes ausgeübt hat. Die Betrachtung dieser schwarzen Präsenz ist entscheidend für jedes Verständnis der amerikanischen Literatur, und es sollte nicht erlaubt werden, daß sie ein Schattendasein in den Randgebieten der literarischen Imagination führt.

Solche Überlegungen haben mich zu der Frage geführt, ob die wichtigen und gepriesenen Merkmale unserer Literatur – Individualismus, Männlichkeit, soziales Engagement versus historische Isolation; brennende und zwiespältige Moralprobleme; die Thematik der Unschuld, gekoppelt mit einer Besessenheit von Todes- und Höllendarstellungen – nicht tatsächlich Antworten auf eine dunkle, fortdauernde, zeichensetzende afrikanistische Präsenz sind. Mir kam der Gedanke, daß eben die Art und Weise, wie die amerikanische Literatur sich als eine zusammenhängende Einheit auszeichnet, überhaupt nur auf diese unruhige und beunruhigende Population zurückzuführen ist. So wie es zur Bildung der Nation einer kodierten Sprache und zielgerichteter Restriktionen bedurfte, um mit der rassischen Unaufrichtigkeit und der moralischen Schwäche in ihrem Kern umzugehen, so reproduzierte auch die Literatur, deren Gründungsmerkmale bis ins zwanzigste Jahrhundert hineinreichen, die Notwendigkeit für Kodes und Restriktionen. An bedeutsamen und hervorgehobenen Versäumnissen, verblüffenden Widersprüchen, stark nuancierten Konflikten, an der Art wie Schriftsteller ihr Werk mit den Symbolen und Körpern dieser Präsenz bevölkerten, kann man erkennen, daß eine reale oder künstlich hergestellte afrikanistische Präsenz für ihr Gefühl von Amerikanischsein entscheidend war. Und sie zeigt sich deutlich.

Aus meiner Neugier für die Ursprünge und den literarischen Gebrauch dieser sorgfältig beobachteten und sorgfältig erfundenen afrikanistischen Präsenz ist eine informelle Studie über das geworden, was ich amerikanischen Afrikanismus nenne. Es ist eine Untersuchung darüber, wie in den Vereinigten Staaten eine nichtweiße, afrikanerähnliche (oder afrikanistische) Präsenz oder Persona konstruiert wurde und welchen Zwecken diese künstlich hergestellte Präsenz diente. Ich benutze den Begriff «Afrikanismus» nicht im Sinne des Philosophen Valentine Mudimbe, der mit «Afrikanismus» das gesamte Wissen über Afrika meint, und auch nicht, um mich auf die Verschiedenartigkeit und Komplexität afrikanischer Menschen und ihrer Nachkommen, die dieses Land je bewohnt haben, zu beziehen. Vielmehr benutze ich den Begriff für die Bedeutung und für die Beiklänge des Schwarzseins, für das afrikanische Menschen heute stehen, sowie für die ganze Skala von Ansichten, Meinungen, Interpretationen und Fehlinterpretationen, welche die eurozentrische Lehre über diese Menschen begleiten. Bei seiner Verwendung als Trope hat man sich wenig Beschränkung auferlegt. Als ein lähmendes Virus innerhalb des literarischen Diskurses ist der Afrikanismus in der eurozentrischen Tradition, die in der amerikanischen Erziehung hoch im Kurs steht, zu einer Möglichkeit geworden, Fragen der Klasse, der sexuellen Freizügigkeit und Unterdrückung, der Formierung und Ausübung von Macht und Betrachtungen über Ethik und Verantwortlichkeit gleichermaßen zu diskutieren und unter Kontrolle zu halten. Durch den einfachen Trick, die Farbskala auf einer Palette zu dämonisieren und zu konkretisieren, macht es der amerikanische Afrikanismus möglich, etwas zu sagen und nicht zu sagen, etwas hinzuschreiben und auszuradieren, zu flüchten und sich zu engagieren, etwas auszuagieren und zu beeinflussen, zu historisieren und zeitlos zu machen. Er bietet die Möglichkeit, Chaos und Zivilisation, Begehren und Furcht zu

betrachten, und zugleich einen Mechanismus, die Pro-
28 bleme und den Segen der Freiheit zu testen.

Die Vereinigten Staaten sind natürlich nicht die einzigen, die den Afrikanismus konstruiert haben. Südamerika, England, Frankreich, Deutschland, Spanien – die Kulturen aller dieser Länder sind daran beteiligt gewesen und haben zu irgendeinem Aspekt eines «erfundenen Afrika» beigetragen. Und keine konnte sich lange einreden, die Kriterien und das Wissen könnten außerhalb der Herrschaftskategorien zum Vorschein kommen. Unter Europäern und Europäisierten hat dieser gemeinsame Prozeß des Ausgrenzens – des Zuweisens von Bestimmung und Wert – zu der populären und wissenschaftlichen Vorstellung geführt, daß Rassismus ein «natürliches», wenn auch ärgerliches Phänomen sei. Die Literatur fast aller dieser Länder ist jetzt allerdings anhaltender Kritik an ihrem von Rassenvorurteilen geprägten Diskurs unterworfen. Die Vereinigten Staaten bilden da eine sonderbare Ausnahme, obwohl sie als die älteste Demokratie herausragen, in der eine schwarze Population die weißen Siedler begleitete (sofern man dieses Wort benutzen kann) und in vielen Fällen schon vor ihnen da war. Hier, in diesem Zusammenhang mit seinen besonderen Gegebenheiten und in Ermangelung echten Wissens oder einer unvoreingenommenen Forschung über Afrikaner oder afrikanische Amerikaner, entstand unter dem Druck ideologischer und imperialistischer Unterwerfungsprinzipien eine amerikanische Spielart von Afrikanismus: heftig betrieben, durch und durch zweckdienlich, auf leutselige Weise selbstbestätigend und alles durchdringend. Aus guten gesellschaftlichen Gründen – weil die europäischen Quellen kultureller Hegemonie zwar über das neue Land verteilt, aber noch nicht zur Geltung gebracht worden waren – wurde der Prozeß, durch einen distanzierenden Afrikanismus amerikanischen Zusammenhalt zu schaffen, zur wirksamen Methode einer neuen Kulturhegemonie.

Diese Bemerkungen sollten nicht nur als ein Bemühen interpretiert werden, den Blick der afrikanisch-amerikanischen Forschung auf einen anderen Schauplatz zu lenken. Ich möchte nicht die eine Hierarchie verändern, um eine andere zu errichten. Es ist wahr, daß ich nicht zu jenen totalisierenden Ansätzen in der afrikanisch-amerikanischen Forschung ermutigen möchte, die keine andere Triebfeder haben als den Austausch von Dominanzen – eine dominierende eurozentrische Wissenschaft, *ersetzt* durch eine dominierende afrozentrische Wissenschaft. Interessanter ist die Frage: Was macht intellektuelle Dominanz möglich? Wie wird Wissen umgestaltet – von Invasion und Eroberung zu Enthüllung und Wahlfreiheit? Was entzündet und inspiriert die literarische Phantasie, und welche Kräfte tragen dazu bei, die Parameter der Literaturwissenschaft zu etablieren?

Vor allem interessiert mich, wie kritische Vorhaben sich verkleidet und dadurch die Literatur, die sie studieren, ärmer gemacht haben. Literaturwissenschaft als eine Form von Wissen ist dazu fähig, die Literatur nicht nur ihrer impliziten und expliziten Ideologie zu berauben, sondern auch ihrer Ideen; sie kann einfach hinweggehen über die schwere, mühselige Arbeit, die Schriftsteller verrichten, um eine Kunst zu schaffen, die Bestandteil innerhalb einer menschlichen Landschaft wird und bleibt und dort Bedeutung erlangt und behält. Es ist wichtig zu erkennen, wie eng der Afrikanismus verbun-

den ist – oder sein sollte – mit den Überlegungen der
30 Literaturwissenschaft und den willkürlichen, kunstvollen Strategien, die angewandt werden, um seine Präsenz aus dem Blickfeld zu tilgen.

Von höchstem Interesse ist, was der Afrikanismus für die literarische Imagination wurde und wie er darin funktionierte, denn es könnte möglich sein, durch genaues Betrachten des literarischen «Schwarzseins» die Natur – wenn nicht gar die Ursache – des literarischen «Weißseins» zu entdecken. Wozu dient es? Welche Rolle spielen die Erfindung und die Entwicklung des Weißseins bei der Konstruktion dessen, was so unscharf als «amerikanisch» bezeichnet wird? Sollte eine solche Untersuchung jemals zur Reife gelangen, verschafft sie möglicherweise Zugang zu einem verständigeren Lesen amerikanischer Literatur – einer Art des Lesens, die derzeit nicht wirklich zu Gebote steht, nicht zuletzt, wie ich vermute, wegen der gewollten Gleichgültigkeit der meisten kritischen Auseinandersetzungen gegenüber diesen Fragen.

Einer der Gründe für die Dürftigkeit kritischen Materials zu diesem weiten und fesselnden Thema besteht wahrscheinlich darin, daß in Rassenangelegenheiten von jeher Schweigen und Ausweichmanöver den literarischen Diskurs bestimmten. Die Ausweichmanöver förderten eine weitere, eine Ersatzsprache, in der Probleme verschlüsselt werden, um so die offene Debatte zu verhindern. Erschwert wird die Situation durch die Erregung, die in den Rassendiskurs einbricht. Was sie noch schwieriger macht, ist der Umstand, daß die Angewohnheit, die Rasse zu ignorieren, als taktvolle, sogar großmütige liberale Geste verstanden wird. Sie zur Kenntnis zu nehmen bedeutet, einen bereits diskreditierten Unterschied anzuerkennen. Durch Schweigen ihre Unsichtbarkeit zu erzwingen bedeutet, dem schwarzen Körper eine schattenlose Teilhaberschaft an dem dominierenden kulturellen Körper zuzugestehen. Dieser Logik zufolge spricht jedes wohlerzogene Gespür *gegen* das Zur-Kenntnis-Nehmen und verhindert so einen erwachsenen Diskurs. Ebendieses Konzept literarischer und wissenschaftlicher Gepflogenheiten (das in der Literaturwissenschaft so glatt funktioniert, in anderen Disziplinen dagegen den Anspruch auf Glaubwürdigkeit weder erhebt noch zuerkannt bekommt), hat die «Haltbarkeit» einiger einst hochangesehener amerikanischer Autoren stark begrenzt und den Zugang zu bemerkenswerten Einsichten in ihre Werke blockiert.

Diese Gepflogenheiten sind indessen delikate Angelegenheiten, über die man einen Moment lang nachdenken sollte, bevor man sie fallenläßt. Solche Feinheiten nicht zu beobachten, kann zu überraschenden Beispielen von Mangel an wissenschaftlicher Objektivität führen. 1936 beginnt ein amerikanischer Literaturwissenschaftler, der die Benutzung des sogenannten Neger-«Dialekts» in den Werken Edgar Allan Poes untersucht (in einem kurzen Artikel, der sichtlich stolz auf seinen Gleichmut gegenüber Rassen ist), mit diesen Worten: «Ungeachtet der Tatsache, daß er weitgehend im Süden aufwuchs und einige seiner fruchtbarsten Jahre in Richmond und Baltimore verbrachte, hat Poe wenig über den Dunkelhäutigen [*darky*] zu sagen.»*

* Killis Campbell: *Poe's Treatment of the Negro and of the Negro Dialect*. Studies in English, 16 (1936). S. 106.

Ich weiß zwar, daß dieser Satz der höflichen Aus-
32 drucksweise jener Zeit entspricht und daß «darky» akzeptabler schien als «nigger», aber nachdem ich beim Lesen zuerst nur das Gesicht verzogen hatte, stellte sich bald ein alarmiertes Mißtrauen in die Fähigkeiten des Wissenschaftlers ein. Falls es unfair erscheint, auf die dreißiger Jahre zurückzugreifen, um Beispiele solcher Entgleisungen zu zeigen, zu denen es kommen kann, wenn auf bestimmte Formen höflicher Unterdrückung verzichtet wird, darf ich hier versichern, daß ähnlich ungeheuerliche Erscheinungsformen desselben Phänomens nach wie vor gang und gäbe sind.

Ein weiterer Grund für dieses recht dekorative Vakuum im literarischen Diskurs über die Präsenz afrikanistischer Menschen in der amerikanischen Literaturwissenschaft und ihren Einfluß auf sie ist das Denkmuster, das Rassismus in Begriffen seiner Konsequenz für das Opfer versteht – indem es ihn stets asymmetrisch aus der Perspektive seiner Wirkung auf das Objekt rassistischer Politik und rassistischer Einstellungen definiert. Eine Menge Zeit und Intelligenz ist investiert worden, um Rassismus und seine entsetzlichen Auswirkungen auf seine Objekte aufzudecken. Es gibt beständige, wenn auch erratische Liberalisierungsbemühungen, diese Angelegenheiten gesetzlich zu regeln. Es gibt ferner eindrucksvolle und überzeugende Versuche, den Ursprung und die Verfertigung von Rassismus selbst zu analysieren und damit gegen die Unterstellung anzugehen, er sei ein unvermeidlicher, permanenter und ewiger Teil aller sozialen Landschaften. Ich möchte solche Untersuchungen nicht geringschätzen. Ihnen ist zu verdanken, daß überhaupt ein Fortschritt in Sachen Rassendiskurs erzielt worden ist. Aber zu diesem wohletablierten Forschungsbereich sollte ein weiterer, ebenso wichtiger kommen: der Einfluß des Rassismus auf diejenigen, die ihn perpetuieren. Es erscheint mir quälend und auffallend, wie die Wirkung rassistischer Beugung auf das Subjekt ausgeklammert wird und unanalysiert bleibt. Ich schlage hier also vor, die Auswirkung von Ideen rassischer Hierarchie, rassischer Ausgrenzung und rassischer Verletzbarkeit und Verfügbarkeit auf Nichtschwarze zu untersuchen, die diese Ideen vertreten haben oder ihnen widerstanden, sie erkundeten oder sie veränderten. Die wissenschaftliche Forschung, die sich der Gedankenwelt, der Vorstellungen und des Verhaltens von Sklaven annimmt, ist wertvoll. Aber genauso wertvoll ist ein ernsthaftes intellektuelles Bemühen, zu erkennen, was Rassenideologie der Gedankenwelt, den Vorstellungen und dem Verhalten der Sklavenhalter antut.

Historiker haben sich diesen Bereichen gewidmet, ebenso Sozialwissenschaftler, Anthropologen, Psychiater und einige Vertreter der vergleichenden Literaturwissenschaft. Literaturwissenschaftler haben begonnen, verschiedenen Nationalliteraturen diese Fragen zu stellen. Es ist dringend nötig, die gleiche Aufmerksamkeit der Literatur des westlichen Landes zu zollen, das eine der unverwüstlichsten afrikanistischen Populationen der Welt besitzt, eine Population, die immer eine seltsam intime und irritierend separate Existenz innerhalb der dominierenden Bevölkerung geführt hat. Wenn in der amerikanischen Literatur Rassenangelegenheiten ausgemacht und mit Aufmerksamkeit bedacht werden, dann ist die kritische Reaktion darauf meist eine Art humanistisches Patentrezept gewesen – oder eine mit dem Eti-

kett «politisch» abgesegnete Abweisung. Das Politische
34 aus dem Geistesleben auszumerzen ist ein Opfer, das sich als teuer erwiesen hat. Mir kommt dieses Ausradieren wie eine Art zitternder Hypochondrie vor, die sich immer wieder selbst mit unnötigen chirurgischen Eingriffen heilt. Eine Literaturwissenschaft, die es nötig hat, darauf zu bestehen, daß Literatur nicht nur «universell», sondern auch «rassenlos» sei, riskiert es, die Nervenbahnen zu dieser Literatur zu durchtrennen, und würdigt damit sowohl die Kunst als auch den Künstler herab.

Ich bin angreifbar für den Rückschluß, daß meine Untersuchung nicht frei von persönlichen Interessen sei; daß ich, da afrikanisch-amerikanischer Herkunft und Schriftstellerin, auf eine Weise Nutzen daraus ziehe, die sich nicht auf intellektuelle Befriedigung, wie sie aus dieser Art der Fragestellung erwächst, beschränkt. Ich werde das Risiko solcher Beschuldigungen eingehen müssen, denn die Sache ist zu wichtig: Für schwarze wie für weiße amerikanische Schriftstellerinnen und Schriftsteller gibt es in einer durch und durch von rassischen Vorurteilen geprägten Gesellschaft kein Entrinnen vor einer rassisch «gebeugten» Sprache, und die Arbeit, die Schreibende tun, um die Imagination von den Forderungen dieser Sprache zu entfesseln, ist kompliziert, interessant und definitiv.

Wie Tausende von begierigen, aber nicht akademisch gebildeten Lesern haben auch etliche einflußreiche Literaturkritiker in den Vereinigten Staaten nie einen einzigen afrikanisch-amerikanischen Text gelesen – und sind noch stolz darauf. Es scheint ihnen nicht geschadet und ihnen in ihrer Arbeit und ihrem Einfluß keine erkennbaren Beschränkungen eingetragen zu haben. Ich vermute, und es gibt viele Hinweise, die diese Vermutung stützen, daß sie auch weiterhin ohne jede Kenntnis afrikanisch-amerikanischer Literatur erfolgreich sein werden. Faszinierend ist es allerdings, zu beobachten, wie es ihren aufwendigen Literaturerkundungen gelingt, in der machtvollen, theatralischen Präsenz schwarzen Stellvertreterdaseins – einem formenden, stabilisierenden und verstörenden Element – in der von ihnen untersuchten Literatur *keine* Bedeutung zu sehen. Es ist interessant, nicht überraschend, daß die Machthaber in der amerikanischen Literaturkritik an ihrer Unkenntnis afrikanisch-amerikanischer Texte Vergnügen finden, ja sie zu genießen scheinen. Überraschend ist nur, daß ihre Weigerung, schwarze Texte zu lesen – eine Weigerung, die keinerlei Störung in ihrem intellektuellen Leben nach sich zieht –, sich wiederholt, wenn sie die traditionellen, anerkannten Werke der Literatur, die ihrer Aufmerksamkeit wert sind, wiederlesen.

Es ist zum Beispiel möglich, Henry James wissenschaftlich erschöpfend zu lesen und die schwarze Frau, die in *Maisie* die Wende der Handlung ermöglicht und die Triebkraft für eine moralische Entscheidung und damit den Sinn des Romans wird, niemals auch nur beiläufig zu erwähnen, geschweige denn sie angemessen zu behandeln. Wir werden niemals ermuntert, «The Beast in the Jungle» * so zu lesen, daß diese bildliche Darstellung bis zu ihrem, wie mir scheint, logischen Schluß verfolgt wird. Man kann sich schwerlich einen Aspekt von Gertrude Steins *Drei Leben* vorstellen, der noch nicht behandelt worden wäre, mit Ausnahme der Art und Weise,

* Erzählung von Henry James. 1903. (Anm. d. Übers.)

wie sie die schwarze Frau, die im Mittelpunkt des Werks steht, zum Erkunden und zum Erklären benutzt. Es ist anzunehmen, daß die Eindringlichkeit und Besorgtheit in Willa Cathers Darstellung schwarzer Gestalten gänzlich außer acht gelassen werden; keine Erwähnung findet das Problem, das die Rassenfrage hinsichtlich der Technik und der Glaubwürdigkeit ihres letzten Romans, *Sapphira und die Sklavin*, verursacht. Solche Literaturwissenschaftler sehen nichts Aufregendes oder Bedeutsames in den Bildern von Dunkelheit, Sexualität und Begierde bei Ernest Hemingway oder in den Rollen, die er schwarzen Männern zuweist. Sie sehen keine Verbindung zwischen der Gnade Gottes und dem afrikanistischen Ausgrenzen bei Flannery O'Connor. Mit wenigen Ausnahmen zerbricht die Faulknerkritik die Hauptthemen dieses Schriftstellers in diskursive «Mythologien» und behandelt die späteren Werke – in denen Rasse und Klasse im Brennpunkt stehen – als weniger bedeutend, oberflächlich und von Verfall gezeichnet.

Eine aufschlußreiche Parallele zu dieser willentlichen wissenschaftlichen Gleichgültigkeit ist die jahrhundertelange hysterische Blindheit dem feministischen Diskurs gegenüber und die Art und Weise, in der Frauen und Frauenprobleme gelesen wurden (oder ungelesen blieben). Inzwischen gehen die kraß sexistischen Auslegungen zurück, und wo sie noch existieren, haben sie wenig Wirkung, weil die Frauen sich mit Erfolg ihren eigenen Diskurs angeeignet haben.

Nationalliteraturen schlagen sich, wie die Schreibenden, recht und schlecht und so gut sie es vermögen durch. Doch am Ende beschreiben sie offenbar mit Nachdruck das, was das Bewußtsein ihres Landes beschäftigt. Zu einem großen Teil hat die Literatur der Vereinigten Staaten die Schaffung eines *neuen weißen Mannes* zu ihrem Anliegen gemacht. Wenn ich ernüchtert bin von dem geringen Interesse der Literaturwissenschaft, die Reichweite dieses Anliegens genauer zu untersuchen, so bleibt mir doch immer eine Zuflucht in Gestalt der Schreibenden selbst.

Schriftsteller und Schriftstellerinnen gehören zu den sensibelsten, intellektuell anarchistischsten, repräsentativsten und gründlichsten Künstlern. Der Test für ihr Können ist ihre Fähigkeit, sich etwas vorzustellen, was sich außerhalb ihres eigenen Ichs befindet, sich das Fremde vertraut zu machen und das Vertraute zum Rätsel. Die Sprachen, die sie benutzen, und der soziale und historische Kontext, in dem diese Sprachen von Bedeutung sind, offenbaren indirekt und direkt dieses Können und seine Grenzen. Deshalb suche ich bei ihnen, den Schöpfern der amerikanischen Literatur, nach Klärung, was die Erfindung und die Wirkung des Afrikanismus in den Vereinigten Staaten betrifft.

Früher nahm ich als Leserin an, daß schwarze Menschen in der Vorstellung weißer amerikanischer Schriftsteller wenig oder nichts bedeuteten. Schwarze traten überhaupt nicht in Erscheinung, es sei denn als Objekt eines gelegentlichen Anfalls von Dschungelfieber, es sei denn, um Lokalkolorit oder einen Anstrich von Wahrscheinlichkeit zu verleihen oder um für eine notwendige moralische Geste, für etwas Humor oder ein wenig Pathos zu sorgen. Darin spiegelte sich, so meinte ich, der geringe Einfluß von Schwarzen sowohl auf das Leben der Gestalten im Buch als auch auf die kreative Vorstellungskraft des Autors. Anders zu denken oder zu schreiben, Schwarze durchgängig auf den Buchseiten und in Szenen vorkommen zu lassen wie eine gesetzlich vorgeschriebene Quote, wäre lächerlich und unredlich.

Aber dann hörte ich auf, als Leserin zu lesen, und fing an, als Schriftstellerin zu lesen. Da ich in einer rassisch artikulierten und prädizierten Welt lebte, konnte ich mit meiner Reaktion auf diesen Aspekt der kulturellen und historischen Situation Amerikas nicht allein dastehen. Ich fing an wahrzunehmen, wie die Literatur, die von mir verehrte und die von mir verabscheute, sich bei ihrer Begegnung mit Rassenideologien verhielt. Die amerikanische Literatur konnte es gar nicht verhindern, daß sie von dieser Begegnung geprägt wurde. Ja, ich wollte die Momente identifizieren, in denen die amerikanische Literatur Komplice bei der Verfertigung von Rassismus war, aber genauso wichtig schien mir, zu sehen, wann die Literatur explodierte und den Rassismus unterminierte. Und doch, dies waren geringere Belange. Sehr viel wichtiger war es, daß ich mich damit befaßte, wie afrikanistische Personae, afrikanistische Schilderung und afrikanistische Sprache den Text mehr oder weniger unsicher in Bewegung brachten und bereicherten, wichtiger war, daß ich erwog, was das Engagement für das Wirken der schriftstellerischen Vorstellungskraft bedeutete.

Wie behilft sich eine literarische Äußerung, wenn sie sich ein afrikanistisches Anderes vorzustellen versucht? Welche Symbole, welche Kodes, welche literarischen Strategien werden ersonnen, um sich auf diese Begegnung einzustellen? Was bewirkt die Aufnahme von Afrikanern oder afrikanischen Amerikanern an dem Werk und für das Werk? Als Leserin hatte ich immer angenommen, daß nichts «geschieht»: Afrikaner und ihre Nachkommen waren einfach nicht vorhanden – jedenfalls nicht auf eine Weise, die eine Rolle spielte; und wenn sie vorhanden waren, dienten sie dekorativen Zwecken – stellten das technische Geschick des agilen Autors zur Schau. Ich nahm an, da der Autor nicht schwarz war, könne das Auftreten afrikanistischer Gestalten oder Schilderungen oder afrikanistischer Sprache in einem Werk niemals eine Aussage über etwas anderes machen als über die «normale», nicht rassenbewußte, illusionistische weiße Welt, die den fiktionalen Hintergrund lieferte. Jedenfalls wurde kein amerikanischer Text von der Art, wie ich sie hier erörtere, jemals *für* Schwarze geschrieben – so wenig, wie *Onkel Toms Hütte* dafür geschrieben wurde, daß Onkel Tom es las oder sich davon überzeugen ließ. Als lesende Schriftstellerin erkannte ich schließlich das Offenkundige: das Subjekt des Traums ist der Träumer. Die Verfertigung einer afrikanistischen Persona ist reflexiv; eine außergewöhnliche Betrachtung über das Ich; eine kraftvolle Erforschung der Ängste und Wünsche, die im Bewußtsein des Schreibenden wohnen. Sie ist eine erstaunliche Offenbarung von Sehnsucht, von Schrecken, von Bestürzung, von Scham, von Großmut. Es erfordert ziemliche Mühe, dies *nicht* zu sehen.

Es ist, als hätte ich in ein Aquarium geschaut – das Gleiten und Glitzern der goldenen Schuppen, die grüne Spitze, das aufblitzende krängende Weiß von den Kiemen her; die Burgen am Grund, umgeben von Kieseln und winzigen, verschlungenen Wedeln von Grün; das kaum bewegte Wasser, die Partikel von Abfall und Futter, die stillen Blasen, die an die Oberfläche steigen – und plötzlich sah ich das Aquarium, die Struktur, die dem geordneten Leben, das sie enthält, durchsichtig (und unsichtbar) erlaubt, in der größeren Welt zu existieren. Mit anderen Worten, ich begann auf mein Wissen zu vertrauen, wie Bücher geschrieben werden, wie Sprache entsteht; auf mein Gefühl, wie und warum Schriftsteller bestimmte Aspekte ihres Projekts fallenlassen oder aufnehmen. Ich fing an, mich auf mein Verständnis zu verlassen, was der Kampf mit der Sprache Schriftstellern abverlangt und wie sie mit der Überraschung umgehen, die den Schöpfungsakt unvermeidlich begleitet. Transparent wurden dabei die offensichtlichen Wege, die Amerikaner wählen, um mit Hilfe und innerhalb einer manchmal allegorischen, manchmal metaphorischen, aber immer gedämpften Darstellung einer afrikanistischen Präsenz über sich selbst zu sprechen.

Ich habe mich hier ausführlich über eine Art vorsätzlicher Blindheit der Literaturwissenschaft ausgelassen – wäre diese Blindheit nicht, hätten diese Einsichten ein Teil unseres ganz normalen literarischen Erbes werden können. Gewohnheit, Höflichkeit und politische Belange haben zu der Verweigerung kritischer Einsichten beigetragen. Ein schlagendes Beispiel ist Willa Cathers *Sapphira und die Sklavin*, ein Text, der infolge eines literaturwissenschaftlichen Konsenses praktisch aus dem Bestand der amerikanischen Literatur entfernt und über Bord geworfen wurde.

Die Erwähnungen dieses Romans in der Cather-Forschung haben vielfach etwas Entschuldigendes, Abschätziges, oft sogar Schneidendes in ihrer knappen Dokumentation seiner Mängel – deren Anzahl in der Tat beträchtlich ist. Weniger Aufmerksamkeit wird der

Frage nach dem Ursprung der Mängel und den begrifflichen Problemen gewidmet, die das Buch sowohl aufwirft als auch repräsentiert. Wer lediglich das Versiegen der Begabungen Cathers, die Erschöpfung ihrer Wahrnehmungsfähigkeit, das Schrumpfen ihrer Leinwand behauptet, entzieht sich der Verpflichtung, die möglichen Gründe für das Scheitern des Buches genauer unter die Lupe zu nehmen – wenn «Scheitern» im Zusammenhang mit Literatur denn überhaupt ein vernünftiger Begriff ist. (Es klingt so, als wären die Bereiche Dichtung und Wirklichkeit durch eine Linie getrennt, die, wenn sie eingehalten wird, die Möglichkeit des Gewinnens bietet, dagegen, wenn sie überschritten wird, unausweichliches Verlieren signalisiert.)

Ich vermute, daß das «Problem» bei *Sapphira und die Sklavin* nicht in der schwächeren Sicht der Autorin liegt oder darin, daß es die Arbeit eines schwächeren Geistes wäre. Das Problem besteht in dem Versuch, kritisch und künstlerisch mit den Anliegen des Romans zurechtzukommen: der Macht und Willkür einer weißen Herrin über ihre Sklavinnen. Wie kann dieser *Inhalt* irgendeiner anderen Bedeutung untergeordnet werden? Wie läßt sich die Geschichte einer weißen Herrin von einer Betrachtung der Rassenfrage und von der Gewalttätigkeit, die sich aus der Prämisse der Geschichte ergibt, abtrennen?

Wenn *Sapphira und die Sklavin* uns weder Vergnügen macht noch uns in seinen Bann zieht, dann mag es erhellend sein zu entdecken, warum das so ist. Es scheint, als gehe es in diesem letzten Buch – diesem lästigen, mit Stillschweigen übergangenen Roman, der Willa Cather so wichtig war – nicht nur um ein flüchtiges Mädchen, sondern als sei er seinerseits ein Flüchtling vom literarischen Anwesen seiner Autorin. Es ist auch ein Buch, das die eigene flüchtige Flucht der Erzählung vor sich selbst beschreibt und festschreibt.

Der erste Hinweis auf diese Flucht taucht schon im Titel auf: *Sapphira und die Sklavin*. Das Mädchen, um das es geht, heißt Nancy. Das Buch «Sapphira und Nancy» zu nennen, hätte Cather in gefährlich tiefes Wasser gelockt. Ein solcher Titel hätte sogleich klargemacht und die Aufmerksamkeit auf das gelenkt, was der Roman trotz eines mutigen Bemühens um ehrliches Engagement verdunkelt: die Kriecherei weißer Identität. Die Geschichte ist, kurz gefaßt, diese:

Sapphira Colbert, eine Invalidin, die an ihren Stuhl gefesselt und für die intimsten Dienste von Sklavinnen abhängig ist, hat sich eingeredet, ihr Ehemann habe oder suche eine Liaison mit Nancy, der heranwachsenden Tochter ihrer treuesten Sklavin. Von Anfang an ist klar, daß Mistress Colbert im Irrtum ist: Nancy ist rein bis zur Fadheit; Master Colbert ist ein Mann von bescheidenen Gewohnheiten, von bescheidenem Ehrgeiz und von bescheidener Vorstellungskraft.

Sapphiras Verdächtigungen, von ihrer fieberhaften Phantasie und ihrer Muße für dergleichen genährt, wachsen und gedeihen ins Unerträgliche. Sie schmiedet einen Plan. Sie wird einen ihr gefügigen lüsternen Neffen, Martin, zu Besuch einladen und ihm erlauben, seiner Natur freien Lauf zu lassen: Nancy wird verführt werden. Ziel der arrangierten Vergewaltigung ihrer jungen Sklavin ist es, aus Gründen, die nicht ganz klar werden, die volle Aufmerksamkeit ihres Mannes zurückzugewinnen.

Durchkreuzt werden diese Pläne von Sapphiras Toch-

ter, Rachel, die hauptsächlich wegen ihrer abolitionistischen Ansichten ihrer Mutter entfremdet ist, aber auch,
wie uns bedeutet wird, weil Sapphira keinen Widerstand duldet. Rachel gelingt es, unter der zaghaften Beihilfe ihres Vaters, Mr. Colbert, Nancys Flucht in den Norden und in die Freiheit in die Wege zu leiten. Zu einer Aussöhnung aller weißen Gestalten kommt es, als die Tochter durch Diphtherie eines ihrer Kinder verliert und mit der Genesung des anderen beglückt wird. Die Aussöhnung der beiden schwarzen Schlüsselfiguren wird in einem Epilog geschildert: Nancy kommt viele Jahre später zurück, um ihre alte Mutter wiederzusehen und zu berichten, was sie nach ihrer Flucht als erwachsene Frau erlebte – sie erzählt es der Autorin, die als Kind die glückliche Rückkehr – und damit das Dénouement, den Ausgang des Romans – miterlebt. Das Buch wurde 1940 veröffentlicht, hat aber die Form und vermittelt den Eindruck einer Geschichte, die sehr viel früher geschrieben oder erlebt wurde.

Diese Zusammenfassung wird der Vielschichtigkeit des Romans und den Problemen der Durchführung keineswegs gerecht. Beides ergibt sich, wie ich glaube, nicht etwa daraus, daß Cathers Erzählkraft nachgelassen hätte, sondern aus ihrem Bemühen, ein fast völlig begrabenes Thema zur Sprache zu bringen: das voneinander abhängige Wirken von Macht, Rasse und Sexualität im Kampf einer weißen Frau um innere Klarheit.

In mancher Hinsicht ist dieser Roman die klassische Erzählung vom flüchtigen Sklaven: eine aufregende Flucht in die Freiheit. Allerdings erfahren wir fast nichts über die Strapazen der Flucht selbst, weil der Schwerpunkt auf Nancys Fluchthaltung innerhalb des Hauses

vor ihrer Flucht gelegt wird. Und die eigentliche Flie-
44 hende, versichert der Text, ist die Sklavenherrin. Außerdem entzieht sich auch der Plot der Kontrolle der Autorin, und während seine eigene Fluchthaltung immer deutlicher wird, übernimmt er die Aufgabe, darauf hinzuweisen, wie hoffnungslos es ist, Rassengedanken aus den Formulierungen weißer Identität auszumerzen.

Flucht ist der zentrale Brennpunkt von Nancys Existenz auf der Farm der Colberts. Von dem Augenblick ihres ersten Auftretens an ist sie gezwungen, ihre Gefühle, ihre Gedanken und schließlich ihren Körper vor ihren Verfolgern zu verbergen. Nicht genug damit, daß sie es Sapphira nicht recht machen kann und verfolgt wird von der Eifersucht der Sklaven mit dunklerer Haut, ist sie sogar von der Hilfe, der Unterweisung und dem Trost ihrer eigenen Mutter, Till, abgeschnitten. Solche Bedingungen waren nur in einer Sklavengesellschaft denkbar, in der die Herrin auf die Komplizenschaft einer Mutter bei der Verführung und Vergewaltigung ihrer eigenen Tochter zählen kann (und die Autorin vermuten darf, daß die Leserinnen und Leser nichts dagegen einzuwenden haben). Da Tills Treue und ihr Verantwortungsgefühl gegenüber ihrer Herrin absolut vorrangig sind, kommt es Sapphira nie in den Sinn (und es braucht ihr auch gar nicht in den Sinn zu kommen), daß Till durch die gegen ihr einziges Kind geplante Gewalttat verletzt oder erschreckt werden könnte. Diese Annahme gründet sich auf eine andere, nämlich daß Sklavinnen keine Mütter sind; sie sind «geburtstot», ohne alle Verpflichtungen ihren Nachkommen oder ihren eigenen Eltern gegenüber.

Dieser Zwiespalt bestürzt heutige Leserinnen und Leser und macht Till zu einer unglaubhaften und unsympathischen Gestalt. Es ist ein Problem, das auszusprechen Willa Cather selbst in Bedrängnis zu bringen scheint. Sie bestätigt diese völlig unanalysierte Mutter-Tochter-Beziehung und verbannt sie zugleich, indem sie im achten Buch, Kapitel 1, einen verstohlenen Wortwechsel zwischen Till und Rachel einbaut:

> «...fragte Till leise und vorsichtig: ‹Haben Sie noch nichts gehört, Miss Rachel?›
>
> ‹Noch nicht. Sowie ich etwas erfahre, geb' ich dir Bescheid. Sie ist in guten Händen, Till, das sah ich. Sicher ist sie jetzt in Kanada, und unter Engländern.›
>
> ‹Danke, Miss Rachel. Ich kann nich' weitersprechen, weil ich nich' will, daß die Nigger mich weinen sehn. Wenn sie da oben bei den Englischen ist, kann sie ihr Glück machen.›» *

Die Passage scheint aus dem Nichts zu kommen, denn auf den vorausgehenden rund hundert Seiten findet sich nichts, was uns auf solche mütterliche Besorgnis vorbereitete. «Haben Sie noch nichts gehört?» fragt Till Rachel. Nur das, diese fünf Wörter, die bedeuten: Geht es Nancy gut? Ist sie gut angekommen? Ist sie am Leben? Wird sie verfolgt? Alle diese Fragen liegen in der einen, die zu fragen sie schafft.

Dieser Dialog ist umgeben von vierhundertjährigem Schweigen. Es springt heraus aus der Leere des Romans

* Willa Cather: *Sapphira und die Sklavin*. Deutsch von Elisabeth Schnack. Mit einem Nachwort von Sabina Lietzmann. München: Albrecht Knaus 1992. (Anm. d. Übers.)

und aus der Leere des historischen Diskurses, was Eltern-Kind-Beziehungen bei Sklaven und ihre Schmerzen betrifft. Der heutige Leser ist erleichtert, als Till schließlich Sprache und Gelegenheit findet, diese Frage nach dem Schicksal ihrer Tochter zu stellen. Aber mehr folgt nicht. Und die Leserin oder der Leser ist aufgefordert zu glauben, daß das Schweigen, das die Frage umgibt, und auch ihre Verzögerung einzig und allein Tills größerer Besorgnis um ihren Status inmitten dunkelhäutiger «Feld»-Nigger zu verdanken ist. Willa Cather fühlte sich zum Erfinden dieses Gesprächs eindeutig nicht gedrängt, um Till in unseren Leseraugen zu rehabilitieren, sondern weil an einem bestimmten Punkt das Schweigen eine unerträgliche Gewalt annahm, sogar in diesem Werk voller Gewalttätigkeit und voller Ausflüchte. Man denke nur an den Druck, den das Thema ausübte: die Notwendigkeit, die treue Sklavin zu porträtieren; der unwiderstehliche Reiz, die Möglichkeiten der absoluten Macht einer Frau über den Körper einer anderen zu erforschen; die Konfrontation mit der unangefochtenen Selbstverständlichkeit, mit der die sexuelle Verfügbarkeit schwarzer Frauen vorausgesetzt wurde; die Notwendigkeit, die bodenlose Hingabe der Person, von der Sapphira völlig abhängig ist, glaubhaft zu machen. Schließlich und endlich gehört er ihr, dieser Körper der Sklavin, und zwar auf eine Art, wie ihr eigenes gebrechliches Fleisch ihr nicht gehört. Diese fiktionalen Erfordernisse überdehnen den erzählerischen Zusammenhang bis zum Zerreißen. Kein Wunder, daß Nancy sich die eigene Flucht gar nicht auszudenken vermag und gedrängt werden muß, das Risiko einzugehen.

Nancy muß ihr Inneres vor feindseligen Mitsklaven

und vor ihrer eigenen Mutter verbergen. Das Fehlen von Solidarität zwischen Nancy und den anderen Sklavinnen hängt mit dem Trick der Farbfetischisierung zusammen – dem Hautfarbenprivileg, das Nancy genießt, weil sie heller ist als die anderen und deshalb beneidenswert. Das Fehlen von Mutterliebe, immer wieder ein quälendes Anliegen der Autorin, wird mit der als selbstverständlich angenommenen Isolation der Sklaven von Geburt auf in Verbindung gebracht. Dies sind bizarre und beunruhigende Deformationen der Realität, die normalerweise in Romanen, in denen afrikanistische Gestalten vorkommen, mit Stillschweigen übergangen werden, aber Willa Cather unterdrückt sie nicht völlig. Die Gestalt, die sie vor uns entstehen läßt, ist einerseits eine Flüchtige innerhalb des Haushalts und zugleich ein Symbol für die Sterilität der Fiktion herstellenden Imagination, wenn keine Sprache zur Verfügung steht, um die Quelle der Unglaubwürdigkeit zu klären oder auch nur zu benennen.

Interessanterweise ist der andere Hauptgrund für Nancys fortwährende Fluchthaltung völlig glaubhaft: daß sie angesichts der sexuellen Nachstellungen des Neffen wehrlos und daß sie allein für ihre Befreiung aus der kritischen Situation verantwortlich ist. Wir stellen ihre Verletzlichkeit nicht in Frage. Was an dieser bösartigen Verfolgung der Unschuld kitzlig wird – und was sie zu etwas anderem als einer amerikanischen Variante von *Clarissa* macht –, ist die Rassenkomponente. Der Neffe braucht Nancy nicht einmal den Hof zu machen oder ihr zu schmeicheln. Nach einem erfolglosen Griff nach ihr aus den Ästen eines Kirschbaums kann er – und er hat dies auch vor – einfach dort auftauchen, wo sie schläft. Und da Sapphira ihr befohlen hat, in der Diele auf einer

Pritsche zu schlafen, ist Nancy gezwungen, sich im Dunkeln in Unterkünfte zu schleichen, in denen sie möglicherweise, nicht jedoch mit Gewißheit, sicher sein kann. Anders als Rachel, die Pro-Abolitionistin, hat Nancy niemanden, bei dem sie sich beklagen, dem sie etwas erklären, entgegenhalten oder von dem sie Schutz erwarten kann. Wir müssen ihren völligen Mangel an Initiative akzeptieren, denn es gibt für sie keine Auswege. Sie hat nichts, worauf sie zurückgreifen könnte – außer den erbarmungswürdigen Blicken, die Rachels Neugier wecken.

Es gibt auch kein Gesetz, das ihre Klage unterstützte, falls dem Neffen die Vergewaltigung gelingt. Sollte sie infolge der Gewaltanwendung schwanger werden, wäre das aus ökonomischen Gründen ein Segen für das Gut, keine wirtschaftliche Schädigung. Kein Vater oder, in diesem Fall, «Stiefvater» könnte in Nancys Namen protestieren, denn die Ehre war das erste, was dem Mann genommen wurde. Er ist ein «Kapaun», wie wir hören, Till gegeben, damit sie keine Kinder mehr bekommt und ihre volle Aufmerksamkeit und Kraft der Mistress Sapphira widmen kann.

Ohne Stimme, ein Nichts, ein vollkommenes Opfer, läuft Nancy Gefahr, das Interesse des Lesers zu verlieren. Auf seltsame Weise schmiedet Sapphira ihre Ränke – wie Cather ihren Plot –, ohne Beziehung zu den Personen, und alles dient einzig und allein der Ego-Befriedigung der Sklavenherrin. Das wird offenbar, wenn wir überlegen, welches die Folgen einer gelungenen Vergewaltigung gewesen wären. Angesichts der in dem Roman gegebenen Kategorien ist keinerlei Grund dafür denkbar, daß Sapphira etwa meint, Nancy könne im konventionellen Sinne «entehrt» werden. Eine Heirat mit Martin, Colbert oder sonst irgend jemandem steht nicht zur Debatte. Außerdem: warum sollte auch ein solcher tätlicher Angriff ihr Sklavenmädchen dem Interesse ihres Ehemanns entziehen? Aller Wahrscheinlichkeit nach würde sein Interesse dadurch noch vertieft werden. Wenn Mr. Colbert von Nancy, der Keuschen, in Versuchung geführt wird, gibt es dann irgend etwas in der Sklavokratie, das ihn veranlaßt, Nancy, die Unkeusche, zu verachten?

Ein solcher Bruch in der Logik und Dramaturgie bei der Konstruktion des Plots deutet die gewaltige Wirkung an, die Rasse auf das Erzählen – und auf die Erzählstrategie – hat. Nancy ist nicht nur das Opfer von Sapphiras üblen, launischen Intrigen. Sie wird, ungefragt, der enteignete Grund und Boden für Cathers Erforschung dessen, was von so überragender Wichtigkeit für die Autorin ist: die rücksichtslose, ungeschmälerte Macht einer weißen Frau, die aus den uneingeschränkt zur Verfügung und zu Diensten stehenden Leben afrikanistischer anderer Identität für sich schöpft. Hier bieten sich, wie mir scheint, die Koordinaten einer immens wichtigen moralischen Debatte.

Es ist nicht der Roman über eine boshafte, rachsüchtige Herrin; es ist die Geschichte einer Verzweifelten. Es geht um eine geplagte, enttäuschte Frau, die in das Gefängnis ihres besiegten Fleisches verbannt ist und deren gesellschaftliches Podest auf dem robusten Rückgrat rassischer Entwürdigung ruht; deren privilegiertes Geschlecht nichts Erhebendes hat außer der Hautfarbe und deren moralische Haltung angesichts des größeren Bedürfnisses nach Selbstachtung ohne einen Laut zusammenbricht, auch wenn die Quelle dieser Achtung eine Täuschung ist. Denn auch Sapphira ist in diesem Roman eine Fliehende, darauf aus zu entrinnen: Sie flieht vor der Möglichkeit, ihre eigene erwachsene Persönlichkeit und ihre eigenen Empfindsamkeiten zu entwickeln; vor ihrer Weiblichkeit, vor dem Muttersein, vor der Gemeinschaft mit anderen Frauen, vor ihrem Körper.

Sie entzieht sich der Notwendigkeit, ihren eigenen Körper zu bewohnen, indem sie sich auf die junge, gesunde und sexuell appetitanregende Nancy stützt. Sie hat die Sorge für ihren Körper in die Hände anderer gelegt. So entflieht sie ihrer Krankheit, dem Verfall, der Bettlägerigkeit, der Anonymität und physischen Machtlosigkeit. Mit anderen Worten, sie hat die Muße und die Mittel, sich ein Ich zu konstruieren; allerdings muß das Ich, das sie konstruiert, weiß sein – es ist nur als weißes Ich vorstellbar. Die schwarzen Ersatzkörper werden ihre Hände und Füße, Gegenstand ihrer Phantasien von sexueller Lust und Intimität mit ihrem Mann und – nicht unwesentlich – ihre einzige Quelle der Liebe.

Würden die afrikanistischen Gestalten und ihre Lebensumstände aus *Sapphira und die Sklavin* entfernt, hätten wir keineswegs eine sich einkerkernde oder in Flammen aufgehende Miss Havisham vor uns. Es bliebe uns nichts: nicht der wirre Prozeß einer Selbstkonstruktion, der das Erdulden bei einem so schrecklichen Unternehmen als selbstverständlich erachtet; nicht das Drama grenzenloser Macht. Sapphira versteht es weitaus besser als Nancy, sich zu verbergen. Sie kann außerhalb der üblichen Anforderungen eines erwachsenen Frauenlebens verharren – und tut es –, dank der infantilisierten afrikanistischen Population, die ihr zur Verfügung steht.

Der letzte Fliehende in Cathers Roman ist der Roman

selbst. Die Bemühungen des Plots, das gefährdete Sklavenmädchen zu befreien (für das sich, wie wir gesehen haben, weder die Mutter noch die Mitsklaven sonderlich interessieren), dienen ganz anderen Zwecken. Sie geben der Autorin eine Möglichkeit, über die moralische Gleichwertigkeit von freien weißen Frauen und versklavten schwarzen Frauen nachzudenken. Der Umstand, daß diese Gleichsetzungen als Mutter-Tochter-Gespanne und -Beziehungen entworfen sind, führt zwangsläufig zu dem Schluß, daß Cather immer wieder ihre eigene problematische Beziehung zu ihrer Mutter träumte.

Die imaginative Strategie ist bestenfalls eine schwierige und am Ende unmögliche Strategie – so unmöglich, daß Cather ihrem Roman erlaubt, vom Fiktionalen ins Nichtfiktionale zu fliehen. Um der erzählerischen Glaubwürdigkeit willen substituiert sie ihre eigene Entschlossenheit, die Gleichsetzung zu erzwingen. Es ist eine Gleichsetzung, die außerhalb der Erzählung stattfinden muß.

Am Ende verwandelt sich *Sapphira und die Sklavin* in ein Erinnerungsbuch: Erinnerungen der Autorin daran, wie sie als Kind Zeugin der Rückkehr, der Versöhnung und eines unter unhaltbaren, empörenden Umständen aufgezwungenen «Alles-in-Ordnung» wurde. Die zum Schweigen verurteilten, ergebenen afrikanistischen Gestalten in der Erzählung werden in dem Epilog nicht weniger mundtot gemacht als zuvor. Das Wiedersehen – das Dramatische daran wie auch seine narrative Funktion – gehört den Sklaven unter den Gestalten so wenig, wie ihr Sklavenleben ihnen gehört hat. Das Wiedersehen wird buchstäblich für die Autorin, die jetzt zum Kind geworden ist, inszeniert. Till erklärt sich bereit zu warten, bis die kleine Willa an die Tür kommt, bevor sie sich nach fünfundzwanzig Jahren den ersten Blick auf ihre Tochter gönnt.

Nur mit afrikanistischen Gestalten ist so etwas denkbar: aufgeschobene Freude und Genugtuung, um des Vergnügens eines (weißen) Kindes willen. Als die Umarmung beendet ist, begleitet Willa, das weiße Kind, die schwarze Mutter und Tochter in ihrer beider Bericht, lauscht dem Zwiegespräch, mischt sich aber bei jeder Wendung, die es nimmt, ein. Form, Detail und Substanz des Lebens der beiden gehören ihr, nicht ihnen. So wie Sapphira die dienstbaren schwarzen Ersatzkörper risikolos für ihre eigenen Machtzwecke benutzt hat, so verwendet die Autorin sie für ihr eigenes Verlangen nach einer *sicheren*, ungefährlichen Beteiligung am Verlust, an Liebe, am Chaos, an Gerechtigkeit.

Aber die Sache geht schief. Wie es so oft geschieht, stellen die Gestalten Ansprüche, stellen Forderungen imaginativer Verantwortlichkeit über den Willen der Autorin, sie zu beherrschen. So wie Rachels Eingreifen Sapphiras Plan durchkreuzt, so macht Cathers dringendes Bedürfnis, diese afrikanistische Mutter und Tochter zu verstehen, es erforderlich, sie mitten ins Rampenlicht zu stellen. Das Kind Willa Cather lauscht Tills Geschichten, und die Sklavin, im erzählerischen Text zum Schweigen verurteilt, hat im Epilog das letzte Wort.

Aber auch oder gerade hier, wo der Roman endet, fühlt Cather sich verpflichtet, noch einmal leidenschaftlich auf dic Sklaverei zu verweisen. Mit Hilfe von Till wird die erhebende Wohltätigkeit der Einrichtung beschworen. Dienstbar bis zum letzten, wird dieser afrikanistischen Präsenz Sprache nur zugestanden, damit sie die Sklavenhalterideologie bekräftigen kann – ungeachtet der Tatsache, daß sie die gesamte Prämisse des Romans untergräbt. Tills freiwilliger Kniefall ist ebenso ekstatisch wie verdächtig.

Indem sie am Ende ihrer schriftstellerischen Karriere zu ihrer Kindheit zurückkehrt, findet Cather zu einer sehr persönlichen, ja privaten Erfahrung zurück. In ihrem letzten Roman arbeitet sie die Bedeutung weiblichen Verrats angesichts der Leere des Rassismus heraus. Mag sein, daß sie nicht wohlbehalten, wie Nancy, am Ziel angekommen ist, aber immerhin hat sie die gefährliche Reise unternommen.

2
VOM SCHATTEN SCHWÄRMEN

… Schatten,
Größer als Menschen und schwärzer als Nigger …

Robert Penn Warren,
Penological Studies:
Southern Exposure, 3

Am Ende seines *Berichts des Arthur G. Pym* beschreibt Edgar Allan Poe die beiden letzten Tage einer ungewöhnlichen Reise:

«*21. März.* – Eine triste Dunkelheit senkte sich über uns, aber aus den milchigen Tiefen des Ozeans stieg ein schillernder Lichtschein und glitt am Schanzkleid des Bootes entlang. Wir wurden nahezu erdrückt von dem weißen Aschenregen, der auf uns und das Kanu niederging, jedoch schmolz, wenn er ins Wasser fiel...

22. März. – Die Dunkelheit hatte bedeutend zugenommen und wurde nur durch das Leuchten des Wassers gemildert, das von dem weißen Vorhang vor unseren Augen zurückgeworfen wurde. Viele gigantische und farblose Vögel kamen jetzt ständig von jenseits des Schleiers angeflogen und schrien ihr ewiges *Tekili-li!*, während sie unseren Blicken entschwanden. Darauf bewegte sich Nu-Nu kurz auf dem Boden des Bootes, aber als wir ihn berührten, erkannten wir, daß er seinen Geist aufgegeben hatte. Nun stürzten wir in die Umarmung des Katarakts, wo sich ein Schlund öffnete, um uns aufzunehmen. Aber da erhob sich auf unserem Weg eine verhüllte, menschliche Gestalt, viel, viel gewaltiger in den Proportionen als jeder Sterbliche. Und die Hautfarbe dieser Gestalt glich dem vollkommenen Weiß des Schnees.» *

* Edgar Allan Poe: *Der Bericht des Arthur G. Pym.* Aus dem Amerikanischen von Ruprecht Willnow. Frankfurt am Main: Insel 1992. (Anm. d. Übers.)

Pym, Peters und der Eingeborene Nu-Nu sind auf einem
58 warmen, milchigen Meer unter einem «weißen Aschenregen» dahingetrieben. Der Schwarze stirbt, und das Boot stürzt durch den weißen Vorhang, hinter dem sich eine riesige weiße Gestalt erhebt. Danach geschieht nichts mehr. Der Bericht bricht ab. Statt dessen gibt es eine gelehrte Nachbemerkung, eine Erklärung und einen bemühten, aufgesetzten «Schluß». Darin wird behauptet, daß es das *Weiß* war, was die Eingeborenen erschreckte und Nu-Nu getötet habe. Die folgende Inschrift war in die Wände der Felsengänge, durch die die Reisenden kamen, geritzt: «‹Ich habe es in den Berg geschnitten und meine Rache in den Staub des Felsens.›»

Kein anderer früher amerikanischer Schriftsteller ist so wichtig für den Begriff des amerikanischen Afrikanismus wie Poe. Und kein Bild ist so vielsagend wie das soeben beschriebene: die sichtbar gemachte, aber irgendwie in sich geschlossene und unerkennbare weiße Gestalt, die am Ende der Reise aus den Nebeln aufsteigt – oder jedenfalls am Ende der eigentlichen Erzählung. Die Bilder des weißen Vorhangs und der «verhüllten, menschlichen Gestalt» mit einer Hautfarbe, die dem «vollkommenen Weiß des Schnees» gleicht, erscheinen erst nach der Begegnung mit der Schwärze. Das erste weiße Bild scheint mit dem Ende und der Auslöschung der dienstbaren und dienenden schwarzen Gestalt, Nu-Nu, in Zusammenhang zu stehen. Beide sind Darstellungen eines undurchdringlichen Weiß, die in der amerikanischen Literatur immer dann auftauchen, wenn eine afrikanistische Präsenz im Spiel ist. Diese in sich geschlossenen weißen Bilder finden sich häufig, wenn auch nicht immer, am Ende der Geschichte. Sie erscheinen so oft und unter derart besonderen Umständen, daß sie nachdenklich stimmen. Sie rufen, so scheint es, nach Aufmerksamkeit für die Bedeutung, die in ihrer Stellung, ihrer Wiederholung und ihrem deutlichen Hinweis auf Ohnmacht und Zusammenhanglosigkeit, auf Ausweglosigkeit und Ratlosigkeit liegt.

Wir müssen diese Bilder von einem undurchdringlichen Weiß in ihrem Kontext untersuchen, wenn wir uns ihre außerordentliche Macht, ihr Muster und ihre Konsistenz erklären wollen. Da sie fast immer in Verbindung mit Schilderungen von schwarzen oder afrikanistischen Menschen vorkommen, die tot, ohnmächtig oder einer vollständigen Kontrolle unterworfen sind, scheinen diese Bilder von blendendem Weiß als Gegenkraft gegen den Schatten, der dieses Weiß begleitet, sowie als Meditation darüber zu fungieren – eine dunkle und beständige Präsenz, die die Herzen und die Texte der amerikanischen Literatur mit Angst und Sehnsucht erfüllt. Diese Besessenheit, eine Dunkelheit, von der sich unsere frühe Literatur offenkundig nicht zu befreien vermochte, weist auf die komplexe und widersprüchliche Situation hin, in der sich amerikanische Schriftsteller in den Gründerjahren der Nationalliteratur befanden.

Das junge Amerika zeichnete sich dadurch aus – und definierte sich auch so –, daß es in eine Zukunft der Freiheit, einer vermeintlich noch nie dagewesenen Menschenwürde drängte. Eine ganze Tradition «universaler» Sehnsüchte fiel in jener vielgeliebten Formulierung vom «amerikanischen Traum» zusammen. Zwar verdient dieser Immigrantentraum die erschöpfende Beschäftigung, die ihm in den Wissenschaftsdisziplinen und den Künsten zuteil geworden ist, doch ist es ebenso wichtig zu wissen, wovor diese Menschen auf der Flucht waren, wie zu wissen, wohin sie strebten. Wenn die Neue Welt Träume nährte, wie sah die Realität der Alten Welt aus, die den Appetit darauf weckte? Und wie förderte und prägte diese Realität die Gestaltung einer neuen?

Die Flucht aus der Alten Welt in die Neue gilt allgemein als Flucht aus Unterdrückung und Einschränkung hin zu Freiheit und unbegrenzten Möglichkeiten. Zwar war die Flucht in Wirklichkeit manchmal eine Flucht vor Zügellosigkeit – vor einer Gesellschaft, die als inakzeptabel freizügig, gottlos und undiszipliniert wahrgenommen wurde –, aber diejenigen, die aus anderen als religiösen Gründen flüchteten, fühlten sich von Zwängen und Einschränkungen zur Reise gedrängt. Die Alte Welt hatte diesen Menschen nur Armut, Gefängnis, soziale Ächtung und nicht selten den Tod zu bieten. Natürlich gab es auch eine klerikale, gelehrte Gruppe von Einwanderern, die auf der Suche nach dem Abenteuer kamen, das in der Gründung einer Kolonie lag – eher für als gegen das eine oder andere Mutterland oder Vaterland. Und natürlich waren da die Kaufleute, die wegen des schnellen Geldes kamen.

Aus welchen Gründen auch immer, die Attraktion war die der «reinen Weste», die im Leben einmalige Gelegenheit, nicht nur noch einmal neu anzufangen, sondern sozusagen in neuen Kleidern einen Neuanfang zu machen. Die neue Umgebung würde das Selbst mit neuen Gewändern ausstaffieren. Diese zweite Chance konnte sogar von den Fehlern profitieren, die bei der ersten gemacht worden waren. In der neuen Welt herrschte die Vision einer grenzenlosen Zukunft, die durch Zwänge, Unzufriedenheit und Aufruhr, die man hinter sich gelassen hatte, nur noch strahlender wurde. Es war ein wahrhaft vielversprechendes Versprechen.

Mit Glück und Ausdauer konnte man die Freiheit entdecken; einen Weg finden, damit das Gesetz Gottes Wirklichkeit würde – oder reich werden wie ein Prinz. Dem Verlangen nach Freiheit ist stets Unterdrückung vorausgegangen; die Sehnsucht nach dem Gesetz Gottes wird in der Regel aus dem Abscheu vor menschlicher Zügellosigkeit und Korruption geboren; der Glanz des Reichtums entsteht in der Sklaverei von Armut, Hunger und Schulden.

Im späten siebzehnten und im achtzehnten Jahrhundert gab es noch sehr viel mehr Gründe, die das Risiko der Reise rechtfertigten. Die Gewohnheit des Kniefalls würde abgelöst werden durch den Reiz von Befehlsgewalt. Macht – Herrschaft über das eigene Schicksal – würde an die Stelle der Machtlosigkeit treten, die man vor den Toren von Klasse, Kaste und durch tückische Verfolgung erfahren hatte. Nach Disziplin und Bestrafung konnte man selber andere disziplinieren und bestrafen; nach sozialer Ächtung selber zu sozialem Rang kommen. Man konnte freikommen von einer nutzlosen, einengenden, widerwärtigen Vergangenheit in eine Art Geschichtslosigkeit – eine leere Seite, die darauf wartete, beschrieben zu werden. Und zu schreiben gab es da viel: edle Impulse wurden zum Gesetz erhoben und als nationale Tradition in Besitz genommen; niedere Impulse, im abgelehnten und ablehnenden Heimatland gelernt und vervollkommnet, wurden ebenso zum Gesetz erhoben und als Tradition in Besitz genommen.

Die gesamte Literatur, die von der jungen Nation hervorgebracht wurde, ist ein Beispiel dafür, wie sich der

Umgang mit diesen Ängsten, Zwängen und Hoffnungen
62 einschrieb. Und es ist schwierig, die Literatur des jungen Amerikas zu lesen, ohne davon beeindruckt zu sein, wie sie unserer modernen Interpretation des amerikanischen Traums widerspricht. Wie entschieden darin die dem Begriff anhaftende greifbare Mischung aus Hoffnung, Realismus, Materialismus und Verheißung fehlt. Für ein Volk, das solchen Wert auf sein «Neusein» legte – sein Potential, seine Freiheit, seine Unschuld –, ist es überraschend, wie mürrisch, wie verstört, wie erschreckt und besessen unsere frühe Gründerliteratur in Wahrheit ist.

Wir haben Worte und Etiketten für dieses Besessensein: «schaurig», «romantisch», «predigthaft», «puritanisch». Sie stammen aus der Literatur der Welt, welche diese Einwanderer hinter sich gelassen hatten. Allerdings ist die starke Affinität der amerikanischen Psyche des neunzehnten Jahrhunderts zum Schauerroman zu Recht häufig bemerkt worden. Warum sollte ein junges Land, das sich von der Moral und dem sozialen Durcheinander Europas abgestoßen fühlte, ohnmächtig in einem Anfall von Begehren und Ablehnung, seine Talente darauf richten, in seiner eigenen Literatur die Typologie des Diabolismus zu reproduzieren, den es hinter sich lassen wollte? Die Antwort darauf scheint ziemlich klar: eine Möglichkeit, von den Lektionen früherer Fehler und vergangenen Unglücks zu profitieren, besteht darin, sie aufzuschreiben, um durch Bloßstellung und Einimpfung ihre Wiederholung zu verhindern.

Der Abenteuerroman war die Form, in der sich diese ausschließlich amerikanische Prophylaxe ausagieren ließ. Lange nach der Bewegung in Europa blieb der Abenteuer-

roman die bevorzugte Ausdrucksform des jungen Amerikas. Was war an der amerikanischen Romantik, das sie
für die Amerikaner so attraktiv als Schlachtfeld machte, auf dem sie ihre Dämonen angreifen, bekämpfen und erfinden konnten?

Es ist behauptet worden, daß der Abenteuerroman eine Flucht vor der Geschichte sei (und somit vielleicht attraktiv für ein Volk, das vor seiner jüngsten Vergangenheit zu flüchten versucht). Ich bin dagegen eher von Argumenten überzeugt, die im Abenteuerroman die frontale Auseinandersetzung mit den ganz realen, bedrückenden historischen Kräften und ihren Widersprüchen sehen, so wie die Schriftsteller sie jeweils erlebt haben. Der Abenteuerroman, eine Erkundung der aus den Schatten europäischer Kultur importierten Angst, ermöglichte die umfassende, manchmal sichere, ein andermal gefährliche Darstellung ganz spezifischer, zutiefst menschlicher Ängste: Die amerikanische Furcht vor dem Ausgestoßensein, dem Versagen, der Machtlosigkeit; die Furcht vor Grenzenlosigkeit, vor einer ungezähmten Natur, die sich zum Angriff duckt; die Furcht vor dem Mangel an sogenannter Zivilisation; die Furcht vor Einsamkeit, vor äußerer und innerer Aggression. Kurz, vor dem Schrecken der menschlichen Freiheit – das, was sie sich am meisten ersehnten. Der Abenteuerroman bot den Schriftstellern nicht weniger, sondern mehr; nicht eine enge unhistorische, sondern eine breite historische Leinwand; nicht Flucht, sondern Verwicklung. Für das junge Amerika hatte er alles: die Natur als Stoff, ein Symbolsystem, als Thematik die Suche nach Selbstwertgefühl und Selbstbestätigung – vor allem die Gelegenheit, in der Phantasie die Angst zu besiegen und

tiefe Unsicherheiten zu beschwichtigen. Er bot eine
64 Plattform zum Moralisieren und Fabulieren sowie für das phantasievolle Spiel mit Gewalttätigkeit, dem schier Unglaublichen und dem Schrecken – und mit dem bedeutsamsten, übertriebensten Bestandteil des Schrekkens: der Dunkelheit mit all den Konnotationen, die sie weckte.

Kein Abenteuerroman ist frei von «der Macht des Schwarzen»*, wie Herman Melville es nannte, zumal in einem Land, in dem es schon eine dort ansässige schwarze Bevölkerung gab, mit der die Phantasie spielen konnte, mittels derer sich historische, moralische, metaphysische und soziale Ängste, Probleme und Dichotomien ausdrücken ließen. Die Sklavenbevölkerung – so konnte man annehmen und tat es auch – bot sich als Ersatzselbst zum Nachdenken über die Probleme menschlicher Freiheit an, über ihre Verlockung und ihre Undefinierbarkeit. Diese schwarze Bevölkerung stand zur Verfügung zu Meditationen über den Schrecken – den Schrecken europäischer Outcasts, ihre Furcht vor Versagen und Machtlosigkeit, einer Natur ohne Grenzen, Ureinsamkeit, innerer Aggression, dem Bösen, Sünde, Habgier. Mit anderen Worten, man meinte, diese Sklavenbevölkerung habe sich geradezu angeboten zu Reflexionen über die menschliche Freiheit, und zwar nicht nur im abstrakten Sinne des menschlichen Vermögens und der Menschenrechte.

* Herman Melville bezieht in seinem Artikel «Hawthorne and His Mosses» vom 17. und 24. 8. 1850 diese «Macht des Schwarzen», die er bei Hawthorne beobachtet, auf die Erbsünde und die angeborene Verworfenheit des Menschen. (Anm. d. Übers.)

Die Art und Weise, wie Künstler – und die Gesellschaft, die sie hervorbrachte – innere Konflikte auf eine «leere Dunkelheit», auf zweckdienlich abhängige und gewaltsam zum Schweigen gebrachte schwarze Körper übertrugen, ist ein Hauptthema in der amerikanischen Literatur. Die Menschenrechte, zum Beispiel, ein Organisationsprinzip, auf das die Nation sich gründete, waren unausweichlich an den Afrikanismus gekoppelt. Seine Geschichte, sein Ursprung wird ständig mit einem anderen verführerischen Konzept verbunden: der Hierarchie der Rasse. Wie der Soziologe Orlando Patterson bemerkt hat, sollten wir uns nicht darüber wundern, daß die Aufklärung sich mit der Sklaverei abfinden konnte; wir müßten uns eher wundern, wenn dies nicht der Fall gewesen wäre. Das Konzept der Freiheit entstand nicht in einem Vakuum. Nichts rückte die Freiheit derart ins Licht wie die Sklaverei – wenn sie sie nicht überhaupt erst erschuf.

Die schwarze Sklaverei bereicherte die kreativen Möglichkeiten des Landes. Denn in jener Konstruktion von schwarzer Hautfarbe *und* Sklaverei ließ sich nicht nur das Nicht-frei-Sein finden, sondern auch, in der dramatischen Polarität, die durch die Hautfarbe entsteht, die Projektion des Nichtichs. Das Ergebnis war eine Spielwiese für die Phantasie. Aus dem kollektiven Bedürfnis, innere Ängste zu verbinden und äußere Ausbeutung zu rationalisieren, entstand ein amerikanischer Afrikanismus – ein künstliches Gemisch aus Dunkelheit, Anderssein, Beunruhigung und Begehren, das ausschließlich amerikanisch ist. (Natürlich gibt es auch einen europäischen Afrikanismus mit einem Gegenstück in der Kolonialliteratur.)

Ich möchte hier untersuchen, wie das Bild der gezügelten, eingegrenzten, unterdrückten und verdrängten Dunkelheit in der amerikanischen Literatur als afrikanistische Persona objektiviert wurde. Ich möchte zeigen, wie die Pflichten dieser Persona – die Pflichten, zu exorzieren, zu konkretisieren und widerzuspiegeln – in einem Großteil der Literatur des Landes gefragt sind und vorgeführt werden und dazu beitrugen, die charakteristischen Merkmale einer protoamerikanischen Literatur herauszubilden.

Ich habe zuvor gesagt, daß kulturelle Identität durch die Literatur einer Nation geformt und beseelt wird und daß die Literatur der Vereinigten Staaten offenbar die selbstbewußte, aber höchst problematische Konstruktion des Amerikaners als eines neuen Weißen im «Sinn» hatte. Emersons Ruf nach diesem neuen Menschen in «The American Scholar»* weist auf das Vorsätzliche der Konstruktion hin, auf die bewußte Notwendigkeit, Differenz herzustellen. Aber die Schriftsteller, die auf diesen Ruf reagierten, ihn annahmen oder ablehnten, blickten nicht nur nach Europa, um einen Bezugsrahmen für Unterscheidungen zu etablieren. Ein sehr theatralischer Unterschied bot sich an Ort und Stelle an. Die Schriftsteller konnten eine bereits existierende oder schnell Gestalt annehmende Identität feiern oder beklagen, die durch Rassenunterschied vervollkommnet

* In diesem Vortrag, den Ralph Waldo Emerson am 31. August 1837 in Harvard hielt, plädierte er in einer Zeit kultureller Selbstzweifel für das Prinzip des Selbstvertrauens und übertrug es auf die amerikanischen Intellektuellen, Gelehrten, Dichter und Künstler sowie – vermittelt über die Abstraktion «scholar» – auf die amerikanische Nation. (Anm. d. Übers.)

wurde. Dieser Unterschied erwies sich als sehr ergiebig, was Zeichen und Symbole betraf, und als sehr wirksam bei dem Prozeß, nach kulturell als wertvoll anerkannten Interessen Identität zu organisieren, abzutrennen und zu konsolidieren.

Bernard Bailyn hat uns eine außerordentliche Untersuchung über europäische Siedler geliefert, die im Begriff sind, zu Amerikanern zu werden. Ich möchte gern eine ziemlich lange Passage aus seinen *Voyagers to the West* zitieren, weil sie die herausragenden Seiten des amerikanischen Charakters, wie ich ihn beschrieben habe, hervorhebt:

> «In seinen Briefen und Tagebüchern wirkt William Dunbar eher fiktiv als real – wie ein Geschöpf der Phantasie eines William Faulkner, ein kultivierterer Thomas Sutpen, aber nicht weniger geheimnisvoll. Auch er war – wie jene seltsame Gestalt in *Absalom, Absalom!* – ein Mann Anfang Zwanzig, der plötzlich in der Wildnis des Mississippi erschien, eine große Parzelle Land absteckte, dann in die Karibik verschwand, um mit einem Bataillon ‹wilder› Sklaven zurückzukommen, mit deren Arbeitskraft allein er einen Landsitz errichtete, wo zuvor nur Bäume und unkultivierter Boden gewesen waren. Aber er war vielschichtiger als Sutpen, wenn auch nicht weniger ungestüm in seinen frühen Ambitionen, nicht weniger Begründer einer bemerkenswerten Südstaatenfamilie und nicht weniger Teil einer gewalttätigen, von zwei Rassen geprägten Welt, deren Spannungen in seltsame Richtungen führen konnten. Denn dieser Pflanzer in der Wildnis war ein Gelehrter, der später

mit Jefferson über Wissenschaft und Forschung korrespondieren sollte, ein Plantagenbesitzer am Mississippi, dessen Beiträge für die American Philosophical Society (für die Jefferson ihn als Mitglied vorschlug) die Gebiete Linguistik, Archäologie, Hydrostatik, Astronomie und Klimatologie einschlossen, und über dessen geographische Forschungen in weithin bekannten Veröffentlichungen berichtet wurde. Wie Sutpen eine exotische Figur in der Welt der Plantagen des frühen Mississippi – bekannt als ‹Sir› William, so wie Sutpen als ‹Colonel› bekannt war –, brachte auch er in diese rohe, halbwilde Welt die Annehmlichkeiten der europäischen Kultur: nicht Kerzenleuchter und kostbare Teppiche, sondern Bücher, feinste Vermessungsgeräte und die neuesten wissenschaftlichen Instrumente.

Dunbar war von Geburt Schotte, der jüngste Sohn von Sir Archibald Dunbar von Morayshire. Er wurde zunächst von Hauslehrern erzogen, dann an der Universität von Aberdeen, wo sein Interesse an Mathematik, Astronomie und schöner Literatur Gestalt annahm. Was ihm nach seiner Heimkehr und später in London widerfuhr, wo er sich in den Kreisen junger Intellektueller bewegte, was ihn aus der Metropole trieb oder führte, auf die erste Etappe seiner langen Reise gen Westen, ist nicht bekannt. Doch was auch immer seine Beweggründe gewesen sein mögen, im April 1771 tauchte Dunbar, erst zweiundzwanzig Jahre alt, in Philadelphia auf…

Stets auf Vornehmheit bedacht, war dieses gebildete Produkt der schottischen Aufklärung und Londoner Weltläufigkeit, dieser belesene junge *littérateur* und Wissenschaftler, der gerade erst fünf Jahre zuvor über wissenschaftliche Probleme korrespondiert hatte – über ‹Dean Swifts Glückseligkeiten›, über das ‹tugendhafte und glückliche Leben› und über Gottes Gebot der Nächstenliebe –, gleichwohl sonderbar gefühllos gegenüber dem Leiden derer, die ihm dienten. Im Juli 1776 vermerkte er nicht die Unabhängigkeit der amerikanischen Kolonien von Britannien, sondern die Unterdrückung einer angeblichen, auf Freiheit gerichteten Verschwörung von Sklaven auf seiner Plantage...

Dunbar, der junge *érudit*, der schottische Wissenschaftler und Literat, war kein Sadist. Sein Regime auf der Plantage war, gemessen an den Maßstäben seiner Zeit, milde; er kleidete und ernährte seine Sklaven ordentlich und ließ bei schwereren Strafen oft Barmherzigkeit walten. Aber 4000 Meilen von den Quellen der Kultur entfernt, allein an der fernen Peripherie der britischen Zivilisation, wo der Kampf ums physische Überleben zum Alltag gehörte, wo rücksichtslose Ausbeutung eine Lebensform und wo Unregelmäßigkeiten, Gewalt und Entwürdigung des Menschen an der Tagesordnung waren, hatte er durch erfolgreiche Anpassung triumphiert. Unendlich unternehmungslustig und erfinderisch, waren seine feineren Empfindungen vom rauhen Leben an der Zivilisationsgrenze abgestumpft, und indem er ein Gefühl von Autorität und Autonomie in sich verspürte, wie er es zuvor nicht gekannt hatte, eine Kraft, die seiner absoluten Herrschaft über das Leben anderer entsprang, wurde er zu einem eindeutig neuen Menschen, einem Gentleman des Grenzlands, einem Grundbesitzer in einer

rohen, halbwilden Welt.»*

Ich möchte auf einige Elemente dieses Porträts aufmerksam machen, auf einige Parallelen und gegenseitige Abhängigkeiten, die in der Geschichte von William Dunbar auffallen. Zunächst einmal ist da die historische Verbindung zwischen der Aufklärung und der Institution der Sklaverei – zwischen Menschenrechten und der Versklavung des Menschen. Zweitens haben wir da die Beziehung zwischen Dunbars Bildungsweg und seinen Unternehmungen in der Neuen Welt. Die Bildung, die er besaß, war außergewöhnlich und außergewöhnlich kultiviert: Sie schloß die neuesten Gedanken über Theologie und Wissenschaft ein, in dem Bemühen vielleicht, daß sie sich gegenseitig erklärten, daß die eine die andere stützte. Er ist nicht nur ein «Produkt der schottischen Aufklärung», sondern auch ein Londoner Intellektueller. Er las Jonathan Swift, erörterte das christliche Gebot der Nächstenliebe und wird als «sonderbar» gefühllos gegenüber dem Leiden seiner Sklaven beschrieben. Am 12. Juli 1776 notiert er mit Erstaunen und schmerzlicher Überraschung eine Sklavenrebellion auf seiner Plantage: «Man stelle sich meine Überraschung vor... Was nutzen denn Freundlichkeit & gute Behandlung, wenn sie mit solcher Undankbarkeit vergolten werden.» – «Ständig vom Betragen seiner Sklaven verwirrt», fährt Bailyn fort, «fand [Dunbar] zwei Flüchtige wieder und ‹verurteilte

* Bernard Bailyn; *Voyagers to the West: A Passage in the Peopling of America on the Eve of the Revolution*. New York: Alfred A. Knopf 1986. S. 488–492.

einen jeden zu fünf mal 500 Peitschenhieben und dazu, eine Kette & Holzklotz am Fußgelenk befestigt zu tragen›.»

Ich halte dies für eine kurze und bündige Darstellung des Prozesses, durch den sich der Amerikaner als neu, als weiß und als männlich konstituierte. Es ist eine Entwicklung mit mindestens vier wünschenswerten Folgen, auf die in Bailyns Zusammenfassung von Dunbars Charakter Bezug genommen und die in dem, was Dunbar in sich spürte, lokalisiert werden. Ich möchte wiederholen: «ein Gefühl von Autorität und Autonomie..., wie er es zuvor nicht gekannt hatte, eine Kraft, die seiner absoluten Herrschaft über das Leben anderer entsprang, wurde er zu einem eindeutig neuen Menschen, einem Gentleman des Grenzlands, einem Grundbesitzer in einer rohen, halbwilden Welt».

Eine Macht, ein Gefühl von Freiheit, wie er sie zuvor nicht gekannt hatte. Aber was hatte er zuvor gekannt? Vornehme Bildung, Londoner Weltläufigkeit, theologisches und wissenschaftliches Denken. Nichts davon, so kann man schließen, konnte ihm die Autorität und die Autonomie verschaffen, die das Leben als Plantagenbesitzer am Mississippi ihm verlieh. Dieses Gefühl wird auch als eine fließende Kraft verstanden, die schon präsent ist, bereit, als Folge seiner «absoluten Herrschaft über das Leben anderer» überzulaufen. Diese Kraft ist keine gewollte Herrschaft, keine ausgedachte, kalkulierte Entscheidung, sondern eher so etwas wie eine natürliche Ressource, ein Niagara-Wasserfall, der nur darauf wartet, Dunbar zu durchtränken, sobald er in der Lage ist, die absolute Herrschaft zu übernehmen. Als er sich erst einmal in diese Lage begeben hat, wird er als ein neuer Mensch, ein unverwechselbarer Mensch wiedererweckt – ein anderer Mensch. Und wie auch immer sein sozialer Status in London war, in der Neuen Welt ist er ein Gentleman, ein edler Herr. Mehr Herr, mehr Mann. Der Schauplatz seiner Verwandlung befindet sich inmitten roher Wildnis: Dunbar sieht sich umgeben von Unzivilisiertheit.

Ich möchte behaupten, daß diese Belange – Autonomie, Autorität, Neusein und Unterschied, absolute Macht – nicht nur zu den Hauptthemen und Voraussetzungen der amerikanischen Literatur werden, sondern daß jedes einzelne durch eine komplexe Wahrnehmung eines konstituierten Afrikanismus und die Beschäftigung damit ermöglicht, geprägt und aktiviert wird. Ebendieser Afrikanismus, der sich als Roheit und Wildheit entfaltet hatte, diente als Bühne und Arena für die Entwicklung der eigentlichen amerikanischen Identität.

Autonomie ist Freiheit und setzt sich in den vielverfochtenen und hochgeschätzten «Individualismus» um; Neusein wandelt sich in «Unschuld»; aus Unverwechselbarkeit wird Unterschied und die Errichtung von Strategien, um ihn aufrechtzuerhalten; aus Autorität und absoluter Macht werden ein romantischer, auf Eroberung bedachter «Heroismus», Männlichkeit und die fragwürdige Ausübung absoluter Herrschaft über das Leben anderer. Alles übrige wird, so scheint es, durch diese absolute Herrschaft erst möglich – eine Herrschaft, die in einer natürlichen und geistigen Landschaft, die man sich als eine «rohe, halbwilde Welt» vorstellte, hervorgebracht und gegen diese ausgespielt wurde.

Warum wird sie als roh und wild angesehen? Weil sie

von einer nichtweißen einheimischen Bevölkerung besiedelt ist? Vielleicht. Gewiß aber, weil damit eine abhängige und unfreie, zwar rebellische, aber dienstbare schwarze Bevölkerung vorhanden ist, an der Dunbar und alle Weißen jene privilegierenden und privilegierten Unterschiede messen können.

Später verbindet sich dann der Individualismus mit dem Prototyp des einzelgängerischen, entfremdeten und unzufriedenen Amerikaners. Wovon, so möchte man fragen, sind die Amerikaner entfremdet? Woran sind die Amerikaner so betont unschuldig? Von wem unterscheiden sie sich? Und was die absolute Herrschaft betrifft, über wen wird diese Herrschaft ausgeübt, wem wird sie verweigert, wem zugestanden?

Antworten auf diese Fragen liegen in der starken und das Ego bekräftigenden Präsenz einer afrikanistischen Bevölkerung. Diese Bevölkerung ist in jeder Hinsicht praktisch und bequem, nicht zuletzt im Hinblick auf die Selbstdefinition. Der neue weiße Mann kann sich jetzt einreden, daß jene Wildheit «dort draußen» ist. Die befohlenen Peitschenhiebe (fünf mal fünfhundert, macht 2500) sind keine eigene Grausamkeit; die wiederholten und gefährlichen Ausbrüche in die Freiheit bestätigen auf «verwirrende» Weise die schwarze Irrationalität; die Verbindung von Dean Swifts Glückseligkeiten und einem Leben in Regeln gefaßter Gewalttätigkeit ist zivilisiert; und wenn die Empfindungen hinreichend abgestumpft sind, bleibt die Roheit etwas Externes.

Diese Widersprüche bahnen sich ihren Weg durch die Seiten der amerikanischen Literatur. Wie könnte es auch anders sein? Dominick LaCapra erinnert uns: «Klassische Romane werden von gewöhnlichen kontextuellen

Kräften (wie Ideologien) nicht nur beeinflußt, sondern

sie gestalten diese Kräfte auch um und arbeiten sie zumindest teilweise kritisch und manchmal möglicherweise verändernd auf.»*

Kulturell gesehen, ist das imaginative und historische Terrain, das die frühen amerikanischen Schriftsteller bereisten, weitgehend durch die Präsenz des rassisch Anderen geprägt. Gegenteilige Behauptungen, die auf der Bedeutungslosigkeit der Rasse für die amerikanische Identität beharren, sind in sich schon bedeutungsvoll. Rasse und Rassismus lassen sich nicht wegerklären. Die Verbannung der Rasse aus dem literarischen Diskurs ist ihrerseits schon rassistisch. Rhetorische Säure über die Finger einer schwarzen Hand zu gießen, mag in der Tat die Fingerabdrücke zerstören, aber nicht die Hand. Außerdem, was geschieht bei diesem gewaltsamen, egoistischen Tilgungsakt mit den Händen, den Fingern, den Fingerabdrücken dessen, der die Säure ausgießt? Bleiben sie säurefrei? Die Literatur selbst legt da anderes nahe.

Explizit oder implizit prägt die afrikanistische Präsenz auf zwingende und unausweichliche Art die Textur der amerikanischen Literatur. Diese Präsenz, die dunkel und dauerhaft ist, dient der literarischen Phantasie als sichtbare und zugleich unsichtbare vermittelnde Kraft. Sogar und gerade dann, wenn amerikanische Texte nicht von afrikanistischer Präsenz handeln, wenn Gestalten, Erzählung oder Idiom nicht afrikanistisch sind, schwebt der Schatten als Implikation, als Zeichen, als Grenzlinie darüber. Es ist weder Zufall noch Irrtum, daß die Ein-

* Dominick LaCapra; *History, Politics and the Novel.* Ithaca: Cornell University Press 1987. S. 4.

wandererpopulationen (und ein Großteil der Immigrantenliteratur) ihr «Amerikanischsein» als Gegensatz zu
der bereits ansässigen schwarzen Bevölkerung verstand. Rasse fungiert nun tatsächlich als Metapher, die für die Entwicklung des Amerikanischseins so notwendig ist, daß sie mit den alten pseudowissenschaftlichen und klassenbestimmten Rassismen rivalisiert, deren Dynamik wir eher zu entziffern gewohnt sind.

Auch wenn diese afrikanistische Präsenz ihre spezifisch rassistischen Bestandteile verbirgt, ist sie für die Vereinigten Staaten als Metapher für den gesamten Prozeß der Amerikanisierung vermutlich unabdingbar. Mit dem Wort «amerikanisch» zutiefst verbunden ist seine Assoziation mit Rasse. Jemanden als Südafrikaner zu bezeichnen, sagt recht wenig aus; wir brauchen das Adjektiv «weiß» oder «schwarz» oder «farbig», um deutlich zu machen, was wir meinen. In den Vereinigten Staaten ist es genau umgekehrt. Amerikanisch heißt weiß, und die afrikanistischen Menschen bemühen sich, mit Hilfe aller möglichen Ethno-Bindestrich-Begriffe die Bezeichnung anwendbar auf sie selbst zu machen. Die Amerikaner hatten keinen ausschweifenden, räuberischen Adel, dem sie eine Identität nationaler Tugend hätten abringen können, während sie weiterhin auf aristokratische Freizügigkeit und aristokratischen Luxus begierig gewesen wären. Die amerikanische Nation ging mit ihrer Verachtung und ihrem Neid auf die gleiche Art und Weise wie Dunbar um: durch selbstreflexive Kontemplation eines künstlich hergestellten, mythologischen Afrikanismus. Mit Hilfe dieses afrikanistischen Anderen konnten die Siedler und die amerikanischen Schriftsteller allgemein über Körper und Geist, über Chaos, Freundlichkeit und

Liebe nachdenken; es bot ihnen Gelegenheit zu Übun-
76 gen ohne Einschränkung und mit Einschränkung und
zu Kontemplation über Freiheit und Aggression; es bot
Möglichkeiten, Ethik und Moral zu erkunden, die Ver-
pflichtungen des Gesellschaftsvertrags zu erfüllen, das
Kreuz der Religion zu tragen und den Verästelungen
der Macht nachzugehen.

Nachzulesen und zu verzeichnen, wie im Verlauf der Entwicklung einer amerikanischen Nationalliteratur eine afrikanistische Persona auftaucht, ist ein faszinierendes und dringend notwendiges Unterfangen, wenn die Geschichte unserer Literatur und die kritische Auseinandersetzung mit ihr präzise werden sollen. Emersons Plädoyer für intellektuelle Unabhängigkeit war wie das Angebot eines leeren Tellers, den die Schriftsteller mit den Speisen vom Tisch der Eingeborenen füllen konnten. Die Sprache mußte selbstverständlich das Englische sein, aber der Inhalt dieser Sprache, ihr Gegenstand sollte insofern betont und beharrlich unenglisch und antieuropäisch sein, als er jede Bewunderung für die Alte Welt rhetorisch ablehnte und die Vergangenheit als korrupt und nicht zu rechtfertigen definierte. In der Forschung über die Entstehung eines amerikanischen Charakters und die Hervorbringung einer Nationalliteratur sind schon eine ganze Anzahl von Merkmalen aufgelistet worden. Ein Hauptmerkmal, das der Liste hinzugefügt werden muß, ist eine afrikanistische Präsenz – entschieden nichtamerikanisch, entschieden anders.

Das Bedürfnis, Unterschiedlichkeit herauszustellen, stammte nicht nur aus der Alten Welt, sondern ergab sich aus einem Unterschied in der Neuen. Unverwech-

selbar waren in der Neuen Welt an erster Stelle ihr Anspruch auf Freiheit und zweitens die Präsenz des
Unfreien im Herzen des demokratischen Experiments – der kritische Mangel an Demokratie, sein Echo, sein Schatten und seine stille Kraft im politischen und intellektuellen Handeln einiger Nichtamerikaner. Die Unterscheidungsmerkmale der Nichtamerikaner waren ihr Sklavenstatus, ihr sozialer Status – und ihre Hautfarbe.

Begreiflicherweise wäre das erste in verschiedener Hinsicht selbstzerstörerisch gewesen, hätte es das letztere nicht gegeben. Diese Sklaven waren, anders als viele andere Sklaven in der Weltgeschichte, nur allzu sichtbar. Und sie hatten unter anderem eine lange Geschichte der Bedeutung von Hautfarbe geerbt. Diese Sklavenbevölkerung hatte nicht bloß eine sie unterscheidende Hautfarbe; diese Hautfarbe «bedeutete» etwas. Diese Bedeutung war von Gelehrten benannt und mindestens von dem Moment im achtzehnten Jahrhundert an herausgestellt worden, als andere und manchmal dieselben Gelehrten begannen, sowohl die Naturgeschichte als auch die unveräußerlichen Rechte des Menschen – das heißt, die Freiheit des Menschen – zu erforschen.

Hätten alle Afrikaner drei Augen oder nur ein Ohr gehabt, man kann annehmen, daß dieser Unterschied von den schmächtigeren, aber siegreichen europäischen Einwanderern auch als bedeutsam eingestuft worden wäre. Jedenfalls steht gegen Ende des zwanzigsten Jahrhunderts außer Frage, wie subjektiv es ist, der Hautfarbe Wert und Bedeutung beizumessen. Der entscheidende Punkt für diese Diskussion ist die Verbindung zwischen visuell vermittelten Ideen und linguistischen Äußerungen. Und das führt mitten hinein in die soziale und politische Natur des empfangenen Wissens, wie es in der

amerikanischen Literatur sichtbar wird.

Wie weltlich und utilitaristisch Wissen auch sein mag, es spielt eine Rolle in den sprachlichen Bildern und prägt die kulturelle Praxis. Künstler reagieren überall auf die Kultur – klärend, erklärend, wertend, übersetzend, verwandelnd, kritisierend –, insbesondere Schriftsteller, die an der Gründung einer neuen Nation beteiligt sind. Unabhängig von ihrer persönlichen und offiziellen politischen Antwort auf den inhärenten Widerspruch einer freien Republik, die zutiefst der Sklaverei verpflichtet ist, waren sich die Schriftsteller des neunzehnten Jahrhunderts der Präsenz der Schwarzen wohl bewußt. Wichtiger noch, sie äußerten mehr oder weniger leidenschaftlich ihre Ansichten über diese problematische Präsenz.

Die Wachsamkeit gegenüber einer Sklavenbevölkerung beschränkte sich nicht auf die persönlichen Begegnungen, die Autoren gehabt haben mögen. Erzählungen über Sklaven hatten im neunzehnten Jahrhundert Hochkonjunktur. Die Presse, die politischen Kampagnen und die Politik verschiedener Parteien und gewählter Abgeordneter waren voll von dem Diskurs über Sklaverei und Freiheit. Man hätte schon ein *isolato* sein müssen, wenn einem das explosivste Thema der Nation nicht bewußt gewesen wäre. Wie konnte man von Profit sprechen, von Ökonomie, Arbeit, Fortschritt, Suffragetten, Christentum, von der Siedlungsgrenze, von neuen Staatsgründungen, von Landerwerb, Erziehung, Transport (Güter und Passagiere), von Nachbarschaft, Militär – von fast allem, was ein Land beschäftigt –, ohne als Referenz, im Zentrum des Diskurses, im Zentrum der

Definition, die Präsenz der Afrikaner und ihrer Nachfahren zu haben?

Das war nicht möglich. Und es geschah auch nicht. Was häufig geschah, war ein Bemühen, in einem Vokabular über diese Angelegenheiten zu reden, das darauf abzielte, das Thema zu verschleiern. Das gelang nicht immer, und in den Werken vieler Schriftsteller war das Verschleiern auch nie beabsichtigt. Aber die Folge war die typische Erzählung, die *für* die Afrikaner und ihre Nachfahren oder *von* ihnen sprach. Die Erzählung des Machthabers konnte nicht mit einer Reaktion der afrikanistischen Persona koexistieren. Wie beliebt die Erzählungen über Sklaven auch waren – sie beeinflußten die Abolitionisten und bekehrten die Antiabolitionisten –, die eigene Erzählung des Sklaven gewährte dem Erzähler zwar manche Freiheiten, zerstörte aber die typische Erzählung nicht. Die typische Erzählung ließ sich durch vielfältige Anpassungen unversehrt am Leben erhalten.

Schweigen des Gegenstands und über den Gegenstand war das Gebot der Stunde. Manchmal wurde das Schweigen gebrochen, und manchmal wurde es von den Autoren, die mit und innerhalb der tonangebenden Erzählung lebten, aufrechterhalten. Mich interessieren vor allem die Strategien, mit denen das Schweigen aufrechterhalten, und die Strategien, mit denen es gebrochen wurde. Wie befaßten sich die Schriftsteller der Gründergeneration im jungen Amerika mit einer afrikanistischen Präsenz und einer afrikanistischen Persona, wie stellten sie sie sich vor, wie arbeiteten sie damit, wie gestalteten sie sie? Inwiefern erklären diese Strategien einen entscheidenden Teil der amerikanischen Literatur? Wie kann die Ausgrabung dieser Pfade zu neuen und profunderen Analysen dessen führen, was sie beinhalten und wie sie es beinhalten?

Ich möchte hier einige Themen vorschlagen, die kritisch untersucht werden müßten:

Erstens, der afrikanistische Charakter als produktiver Ersatz. Inwiefern befähigt die imaginative Begegnung mit dem Afrikanismus weiße Schriftsteller, über sich selbst nachzudenken? Worin besteht die Dynamik der selbstreflexiven Eigenschaften des Afrikanismus? Bemerkenswert ist, zum Beispiel, wie der Afrikanismus in *Der Bericht des Arthur G. Pym* benutzt wird, um einen Dialog über den amerikanischen Kontinent zu führen. Der Afrikanismus ist für Poe ein Mittel zum Nachdenken über den Raum als etwas, das die Angst vor Grenzenlosigkeit und Überschreitung in sich birgt, das aber auch den Wunsch nach einem grenzenlosen, unbewohnten Grenzgebiet freisetzt und erkundet. Man beachte, wie bei anderen amerikanischen Schriftstellern (Mark Twain, Melville, Hawthorne) der Afrikanismus als Vehikel dient, Liebe und Phantasie als Abwehrmittel gegen die psychischen Schäden von Schuld und Verzweiflung einzusetzen. Der Afrikanismus ist das Vehikel, durch das sich das amerikanische Ich als nicht versklavt, sondern frei erfährt, als nicht abstoßend, sondern begehrenswert, nicht hilflos, sondern privilegiert und mächtig, nicht geschichtslos, sondern geschichtlich, nicht verdammt, sondern unschuldig, nicht ein blinder Zufall der Evolution, sondern fortschrittliche Erfüllung eines Schicksals.

Ein zweites Thema, das kritischer Aufmerksamkeit bedarf, ist die Art und Weise, wie ein afrikanistisches Idiom benutzt wird, um Unterschiede zu etablieren oder, in einer späteren Epoche, Modernität zu signalisieren. Wir müssen erklären, wie spezifische Themen, Ängste, Bewußtseinsformen und Klassenverhältnisse in den Gebrauch eines afrikanistischen Idioms eingebettet sind: wie der Dialog schwarzer Gestalten als ein fremder, befremdender Dialekt bewußt unverständlich gestaltet wird durch Schreibweisen, die dazu dienen, ihn unvertraut erscheinen zu lassen; wie afrikanistische Sprachpraktiken angewandt werden, um die Spannung zwischen Sprache und Sprachlosigkeit zu beschwören; wie sie benutzt werden, um eine kognitive Welt zu schaffen, die gespalten ist zwischen gesprochener Sprache und Text, um Klassenunterschiede und Anderssein zu bekräftigen wie um Privileg und Macht zur Geltung zu bringen; wie sie als Markierung und Vehikel für illegale Sexualität, für Angst vor Wahnsinn, Vertreibung und Abscheu vor der eigenen Person dienen. Schließlich sollten wir uns auch ansehen, wie ein schwarzes Idiom und die Empfindsamkeiten, die es impliziert, enteignet und als assoziative Note für den modernen Sprachgebrauch übernommen werden – peppig, arrogant, ultraurban.

Drittens brauchen wir Untersuchungen über die Methoden, nach denen eine afrikanistische Gestalt benutzt wird, um die Erfindung und die Implikationen der weißen Hautfarbe zu veranschaulichen und zu verstärken. Wir brauchen Untersuchungen, die analysieren, wie schwarze Gestalten benutzt werden, um die Ziele der weißen Gestalten zu definieren und ihre guten Eigenschaften hervorzuheben. Solche Untersuchungen werden das Verfahren aufdecken, wie andere vorgestellt werden, damit man von ihnen erfährt und das Wissen vom Anderen ausbreitet, um äußeres und inneres Chaos zu mildern und zu ordnen. Solche Untersuchungen werden das Verfahren aufdecken, das es möglich macht, den eigenen Körper zu erforschen und zu durchdringen, unter dem Vorwand, es ginge um Sexualität, Verletzlichkeit und Anarchie des Anderen – und mit dem disziplinierenden Apparat von Bestrafung und Belohnung Kontrolle über die Projektionen der Anarchie auszuüben.

Viertens müssen wir analysieren, wie die afrikanistische Erzählung (also die Geschichte von einer schwarzen Person, von der Erfahrung, abhängig zu sein beziehungsweise abgelehnt zu werden) als gleichermaßen sicheres und gefährliches Mittel manipuliert wird, um über die eigene Menschlichkeit nachzudenken. Solche Analysen werden aufdecken, wie die Repräsentation und Aneignung dieser Erzählung Gelegenheiten bietet, über Begrenztheit, Leiden und Rebellion nachzudenken und Spekulationen über Schicksal und Bestimmung anzustellen. Sie werden analysieren, wie diese Erzählung für den Diskurs über Ethik, über gesellschaftliche und universale Verhaltensnormen und als Erklärungen und Definitionen von Zivilisation und Vernunft manipuliert wird. Eine solche kritische Auseinandersetzung wird zeigen, wie die afrikanistische Erzählung zur Konstruktion einer Geschichte und eines Kontextes für die Weißen benutzt wird, indem man voraussetzt, Schwarze hätten keine Geschichte und keinen Kontext.

Diese Themen tauchen ohne Ende auf, wenn man genauer hinschaut, ohne sich vorher einen einschränkenden, schützenden Plan zu machen. Sie scheinen mir die amerikanische Literatur als ein sehr viel komplexeres und lohnenderes Wissenskorpus darzustellen.

Zwei Beispiele sollen dies verdeutlichen: eines ein wichtiger amerikanischer Roman, der eine Quelle und zugleich Kritik des Abenteuerromans als Genre ist; das andere die Erfüllung meines Versprechens, auf jene stummen weißen Bilder bei Poe zurückzukommen.

Wenn wir unsere Lektüre von *Huckleberry Finns Abenteuern* ergänzen und erweitern, die Geschichte aus dem Bann sentimentalen Palavers über das Weglaufen aufs Land und zu den Flußgöttern und über die grundsätzliche Unschuld des Amerikanischseins befreien und ihre streitbare, kampflustige Kritik am Amerika der Zeit vor dem Bürgerkrieg einbeziehen, scheint es ein anderer, reicherer Roman. Er wird zu einem wunderbar komplexen Werk und wirft ein helles Licht auf einige der Probleme, die sich durch die traditionellen Lesarten angehäuft haben, weil diese davor zurückscheuten, bei den Implikationen der afrikanischen Präsenz im Mittelpunkt des Romans zu verweilen. Es ist uns klar, daß auf einer bestimmten Ebene an Klasse und Rasse Kritik geübt wird, wenn auch hinter Humor und Naivität verborgen oder dadurch verstärkt. Wegen der Verbindung von Humor, Abenteuer und dem Blickwinkel des Naiven können Mark Twains Leser die Kritik, die streitbaren Qualitäten des Romans leicht übersehen und sich auf die Verherrlichung der cleveren Unschuld konzentrieren, indem sie zugleich höflich kundtun, wie peinlich ihnen die symptomatische rassistische Einstellung ist, die hier zur Geltung kommt. Die frühe Literaturwissenschaft (also die Neubewertungen in den fünfziger Jahren, die *Huckleberry Finn* zu einem großen Roman erhoben) hat die soziale Auseinandersetzung in diesem Werk übersehen oder ist darüber hinweggegangen, weil sie sich offenbar den ideologischen Postulaten ihrer Gesellschaft und Kultur anpaßte; weil hier mit der Stimme und aus der eingeschränkten Sicht eines Kindes ohne Status erzählt wird – eines Außenseiters am Rande der Gesellschaft, der schon von der Mittelklasse, die er nicht ausstehen kann und anscheinend nie beneidet, als «anders» angesehen wird; und weil der Roman in der Verkleidung der komischen, parodistischen und übertrieben prahlerischen Erzählung daherkommt.

Huck, diesem jungen, aber gewitzten Unschuldigen, der noch jungfräulich unkorrumpiert ist von bürgerlichen Sehnsüchten, Wut und Hilflosigkeit, schreibt Mark Twain Kritik an der Sklaverei und der Überheblichkeit der Möchtegernmittelklasse ein, Widerstand gegen den Verlust des Gartens Eden und die Schwierigkeit, ein gesellschaftliches Individuum zu werden. Die handelnde Kraft in Hucks Kampf ist allerdings der Nigger Jim, und aus Gründen, die ich oben schon zu erhellen versucht habe, darf der Begriff *Nigger* keinesfalls von Hucks Überlegungen, wer und was er selber ist – oder, genauer gesagt, nicht ist –, losgelöst werden. Die Kontroversen über die Größe oder Beinahe-Größe von *Huckleberry Finn* als amerikanischem Roman (oder sogar als Roman der Weltliteratur) bestehen als solche hauptsächlich deshalb, weil man auf eine genauere Untersuchung der Abhängigkeit zwischen Sklaverei und Freiheit, zwischen Hucks Entwicklung und Jims Nützlichkeit dabei und sogar der Unfähigkeit Mark Twains, die Reise in ein freies Territorium weiterzuführen, verzichtet.

Die literaturwissenschaftliche Kontroverse hat sich

auf den Zusammenbruch am sogenannten tragischen Romanschluß konzentriert. Der Schluß wurde als brillante Wendung gesehen, die Tom Sawyer wieder in den Mittelpunkt rückt, wo er hingehört. Oder als brillantes Spiel mit den Gefahren und Grenzen des Abenteuerromans. Oder als ein trauriger und wirrer Schluß des Buches eines Autors, der nach einer langen Schreibhemmung seine erzählerische Orientierung verloren hat, der angewidert von der ernsten Erwachsenenperspektive zur Kindergeschichte zurückkehrt. Oder aber der Schluß wurde als wertvolle Lernerfahrung für Jim und Huck gesehen, für die wir und sie dankbar sein sollten. Nicht betont wird, daß Huck in dem gegebenen Rahmen des Romans keine Möglichkeit hat, *in einem Amerika* ohne Jim zu einem moralischen Menschen heranzureifen. Jim freizulassen, ihn in die Flußmündung des Ohio und in die Freiheit gehen zu lassen, hieße, die gesamten Voraussetzungen des Buches aufzugeben. Weder Huck noch Mark Twain können – innerhalb der Fiktion – erlauben, daß Jim freigelassen wird. Das würde den liebgewordenen Vorstellungen den Boden entziehen.

Der tragische Schluß wird also zum raffinierten Aufschub der Flucht eines notwendigen und notwendigerweise unfreien afrikanistischen Charakters, weil Freiheit für Huck oder den Text ohne das Schreckgespenst der Sklaverei, das Beruhigungsmittel für den Individualismus, sinnlos ist; zum Maßstab absoluter Herrschaft über das Leben eines anderen; zur symbolischen, gezeichneten, vielsagenden und verändernden Präsenz eines schwarzen Sklaven.

Der Roman sagt an jedem Punkt in seinem struktu-

rellen Gebäude etwas über den Körper und die Persön-
86 lichkeit des Sklaven und läßt in jeder Spalte anklingen, wie der Körper spricht, welcher legalen oder unerlaubten Leidenschaft er zum Opfer fällt, wieviel Schmerz er ertragen kann, welche Grenzen, wenn überhaupt, sein Leiden hat, welche Möglichkeiten für Vergebung, Mitleid, Liebe bestehen. Zweierlei erstaunt uns an diesem Roman: die offenbar unbegrenzten Reserven an Liebe und Mitleid, die der Schwarze für seinen weißen Freund und für seine weißen Herren empfindet, und seine Überzeugung, daß die Weißen tatsächlich so überlegen und erwachsen sind, wie sie behaupten. Diese Darstellung von Jim als dem sichtbaren Anderen läßt sich als die Sehnsucht der Weißen nach Vergebung und Liebe lesen, aber die Sehnsucht kann es nur geben, wenn klar ist, daß Jim seine Unterlegenheit anerkannt hat (nicht als Sklave, sondern als Schwarzer) und verachtet. Jim erlaubt seinen Verfolgern, ihn zu quälen und zu demütigen, und reagiert auf die Qual und die Demütigung mit grenzenloser Liebe. Die Demütigung, die Huck und Tom Jim zumuten, ist barock, endlos, töricht, zum Wahnsinn treibend – und sie tritt ein, *nachdem* wir Jim als Erwachsenen kennengelernt haben, als sorgenden Vater und einfühlsamen Mann. Wäre Jim ein weißer Strafentlassener gewesen, mit dem sich Huck angefreundet hätte – der Schluß wäre nicht vorstellbar gewesen, hätte sich nicht schreiben lassen: denn es wäre undenkbar gewesen, daß zwei Kinder auf so quälende Art mit dem Leben eines Weißen spielen (ungeachtet seiner Klasse, Bildung oder Flucht oder Nichtflucht), nachdem man ihn uns als moralisch erwachsen gezeigt hat. Jims Sklavenstatus macht das Spiel und den

Aufschub möglich – aber er dramatisiert in Erzählstil und Erzählweise auch die Verbindung zwischen Sklaverei und dem (tatsächlichen und fingierten) Erlangen der Freiheit. Jim scheint unanmaßend, liebevoll, irrational, leidenschaftlich, abhängig, sprachlos zu sein (außer in den «Gesprächen» zwischen ihm und Huck, herrlichen langen Gesprächen, in die wir nicht eingeweiht werden – aber worüber habt ihr gesprochen, Huck?). Nicht was Jim zu sein scheint, rechtfertigt die Untersuchung, sondern was Mark Twain, Huck und insbesondere Tom von ihm wollen, sollte unsere Aufmerksamkeit erregen. In diesem Sinne ist es wohl tatsächlich ein «großes» Buch, weil es in seiner Struktur und in der Hölle, durch die es seine Leser am Schluß schickt, sowie durch die direkte Auseinandersetzung, die es erzwingt, die parasitäre Natur weißer Freiheit simuliert und beschreibt.

Vierzig Jahre früher, in den Werken von Poe, sieht man, wie die Vorstellung vom amerikanischen Selbst ganz ähnlich an den Afrikanismus gebunden und wie diese Abhängigkeit ähnlich verdeckt war. Wir können «Der Goldkäfer» und «Wie man einen Blackwood-Artikel schreibt» (ebenso wie *Pym*) als Beispiele für das verzweifelte Bedürfnis dieses in die Klasse der Plantagenbesitzer aufstrebenden Schriftstellers danach sehen, mit literarischen Mitteln «Anderssein» herzustellen, wie es in der amerikanischen Literatur so verbreitet ist: befremdende Sprache, metaphorische Verdichtung, Fetischisierungen, die Ökonomie des Stereotyps, allegorische Ausschließung; Strategien, die dazu dienen, die Identität seiner Charaktere (und seiner Leser) zu gewährleisten. Aber da

unterlaufen unkontrollierbare Schnitzer. In «Der Gold-
 käfer» schlägt der schwarze Sklave Jupiter angeblich seinen Herrn; in «Ein Blackwood-Artikel» steht der schwarze Sklave Pompey stumm und rechthaberisch da angesichts der Mätzchen seiner Herrin. Und Pym verhält sich schon kannibalisch, *ehe* er den schwarzen Wilden begegnet; als er ihnen entkommt und Zeuge des Todes eines Schwarzen wird, treibt er auf das Schweigen eines undurchdringlichen, sprachlosen Weiß zu.

Das erinnert uns an andere Bilder am Ende literarischer Reisen in den verbotenen Raum des Schwarzen. Entläßt uns Faulkners *Absalom, Absalom!* nach der hinausgezögerten Suche nach dem verräterischen afrikanischen Blut mit einem ebensolchen Bild von Schnee und der Auslöschung von Rasse? Nicht ganz. Shreve hält sich für den Erben des Geschlechts afrikanischer Könige; der Schnee ist offenbar die Einöde eines sinnlosen, unergründlichen Weiß. In «Schnee auf dem Kilimandscharo» verdichtet Hemingway Harrys Schicksals- und Todestraum in Afrika im Bild des Berggipfels – «groß, hoch und unvorstellbar weiß in der Sonne». *Haben und Nichthaben* schließt mit einem Bild von einem weißen Boot. William Styron beginnt und beendet Nat Turners Reise mit einem weißen, fließenden Marmorbauwerk, ohne Fenster und Türen, ohne Zusammenhang. In *Der Regenkönig* beendet Saul Bellow die Reise des Helden in seinem phantastischen Afrika auf dem Eis, der weißen gefrorenen Ödnis. Mit einem afrikanistischen Kind in den Armen und der Seele des Schwarzen Königs im Gepäck tanzt Henderson, ruft er über das gefrorene Weiß hinweg, ein neuer Weißer in einem neu entdeckten Land: «springend, stampfend und in kribbelnder Unruhe über den reinen weißen Saum des grauen arktischen Schweigens».*

Wenn wir der selbstreflexiven Eigenart dieser Begegnungen mit dem Afrikanismus konsequent nachgehen, wird es klar: Bilder des Schwarzen können böse *und* beschützend sein, aufbegehrend *und* vergebend, beängstigend *und* begehrenswert – sie tragen all die widersprüchlichen Eigenschaften des Ichs. Das Weiß allein ist stumm, bedeutungslos, unergründlich, zwecklos, gefroren, verhüllt, verschleiert, schrecklich, sinnlos, unversöhnlich. Das jedenfalls scheinen unsere Schriftsteller sagen zu wollen.

* Saul Bellow: *Der Regenkönig*. Deutsch von Herbert A. Frenzel. München: Deutscher Taschenbuch Verlag 1990. (Anm. d. Übers.)

3
BEUNRUHIGENDE KRANKEN-SCHWESTERN UND DIE FREUNDLICHKEIT DER HAIE

Aber da war noch
eine besondere Hölle
wo schwarze Frauen liegen und
auf einen Knaben warten –

William Carlos Williams,
«Adam»

Rasse ist zur Metapher geworden – zu einer Möglichkeit, hinweisend und verschleiernd über Kräfte, Ereignisse, Klassen und Ausdrucksformen sozialen Verfalls und ökonomischer Grenzen zu sprechen, die eine weit größere Bedrohung für die Gesellschaft darstellen, als es die biologische «Rasse» je war. Aufwendig gehegt und gepflegt, wirtschaftlich ungesund, ein unechter und nutzloser politischer Aktivposten bei Wahlkämpfen, blüht und gedeiht der Rassismus heute noch ebenso wie zur Zeit der Aufklärung. Offenbar hat er einen Nutzen weit über seine ökonomische Bedeutung, weit über das Klassen-Trennende hinaus: er scheint ein metaphorisches Eigenleben angenommen zu haben, das so vollständig in den täglichen Diskurs eingebettet ist, daß er vielleicht notwendiger ist und mehr zur Schau gestellt wird als je zuvor.

Ich bin gern bereit, mich in diesem Punkt insofern korrigieren zu lassen, als er die Haltbarkeit des Rassismus im sozialen und politischen Verhalten falsch darstellt. Aber ich bleibe bei der Überzeugung, daß der metaphorische und metaphysische Gebrauch von Rasse seinen festen Platz in der amerikanischen Literatur und im «Nationalcharakter» einnimmt und darum der Literaturwissenschaft, die Erkenntnis über beides sucht, ein Hauptanliegen sein sollte.

In diesem letzten Kapitel möchte ich die Wandlungen des amerikanischen Afrikanismus von seinen simplen, wenn auch bedrohlichen Zielen, hierarchische Unterschiede zu etablieren, über seine Fähigkeiten, als Ersatz für selbstreflexives Nachdenken über den Verlust von Unterschieden herzuhalten, bis hin zu seiner üppigen und voll erblühten Existenz in der Rhetorik von Furcht und Begehren beobachten und nachzeichnen.

Meine Vermutung, daß der Afrikanismus eine metaphysische Notwendigkeit geworden ist, sollte jedoch keineswegs so verstanden werden, als wollte ich damit sagen, daß er seine ideologische Nützlichkeit verloren hätte. Noch immer läßt sich viel unrechtmäßiger Gewinn damit raffen, daß man gierige Machtübergriffe mit Rückschlüssen auf Minderwertigkeit und mit dem Aufstellen von Rangunterschieden rationalisiert. Noch immer wird viel nationaler Trost daraus gezogen, daß man die Träume von demokratischer Gleichheit aller weiterträumt, was dadurch ermöglicht wird, daß man Klassenkonflikte, Wut und Ohnmacht bei der Darstellung von Rasse unter den Teppich kehrt. Und man kann eine Menge Saft aus pflaumenweichen Reminiszenzen von «Individualismus» und «Freiheit» pressen, solange der Baum, an dem solche Früchte hängen, eine schwarze Bevölkerung ist, die als Gegenpol zur Freiheit herhalten muß: der Individualismus wird in den Vordergrund gerückt (und es wird an ihn geglaubt), während sein Hintergrund gleichbleibende, erzwungene Abhängigkeit ist. Die Freiheit (sich frei zu bewegen, Geld zu verdienen, zu lernen, sich mit einem mächtigen Zentrum zu verbünden, die Welt zu erzählen) läßt sich sehr viel besser in trauter Nähe zu den Geknechteten und Unfreien, den wirtschaftlich Unterdrückten, den an den Rand Gedrängten, den zum Schweigen Gebrachten genießen. Das ideologische Vertrauen auf den Rassismus ist ungebrochen, und wie seine metaphysische Existenz bietet er auch im historischen, politischen und literarischen Diskurs einen sicheren Weg zum Nachdenken über Moral und Ethik; eine Möglichkeit, die Dichotomie von Geist und Körper zu untersuchen; eine Möglichkeit, über Gerechtigkeit nachzudenken; eine Möglichkeit, die moderne Welt zu betrachten.

Natürlich, wird man sagen, hat das weiße Amerika schon immer Fragen der Moral und Ethik, der Überlegenheit des Geistes und der Verletzlichkeit des Körpers, der Segnungen von Modernität und Fortschritt und der sich daraus ergebenden Verpflichtungen betrachtet, ohne sich dabei auf die Situation seiner schwarzen Bevölkerung zu beziehen. Wo, wird es heißen, findet sich denn ein eindeutiges Zeugnis dafür, daß ein solcher Bezug Teil dieser Überlegungen war? Ich antworte auf diese Frage mit der Gegenfrage: Wo fehlt dieses Zeugnis?

In welchem öffentlichen Diskurs gibt es den Bezug auf die Schwarzen *nicht*? Es gibt ihn in jedem der großen Machtkämpfe dieser Nation. Die Präsenz der Schwarzen ist nicht nur in der Verfassung ein wichtiger Bezugspunkt, sondern ebenso im Kampf um die Verleihung der Bürgerrechte an Besitzlose, Frauen und Analphabeten. Sie ist da beim Aufbau eines freien und öffentlichen Schulwesens; bei dem Versuch einer ausgeglichenen Repräsentierung in den gesetzgebenden Körperschaften; in der Rechtsprechung und in den dem Gesetz entsprechenden Definitionen von Gerechtigkeit. Sie existiert im theologischen Diskurs; in den Vertragsurkunden der Banken; in der Vorstellung eines manifesten Schicksals und in der maßgeblichen Geschichte, welche die Aufnahme jedes Immigranten in die Gemeinschaft amerikanischer Bürger begleitet (wenn sie ihr nicht gar vorausgeht). Die Präsenz der Schwarzen ist, zusammen mit Geschlecht und Familienbanden, Bestandteil der frühesten Lektionen, die jedes Kind hinsichtlich seiner Besonderheit lernt. Der Afrikanismus ist von der Definition des Amerikanischseins nicht zu trennen – von seinen Anfängen bis zu seiner rassenintegrierten oder -desintegrierenden Form im zwanzigsten Jahrhundert.

So wie die Geschichte der Vereinigten Staaten stellt auch ihre Literatur einen Kommentar zu den Veränderungen der biologischen, ideologischen und metaphysischen Vorstellungen vom Unterschied der Rassen dar. Aber die Literatur hat noch ein zusätzliches Anliegen und Thema, nämlich wie die individuelle Imagination und die äußere Welt, in der sie lebt, sich gegenseitig beeinflussen. In bildlicher Sprache verteilt die Literatur die gesellschaftlichen Konventionen des Afrikanismus neu und wandelt sie dabei um. In den Minstrel-Shows entband eine schwarze Farbschicht auf einem weißen Gesicht dieses vom Gesetz. Und so wie Unterhaltungskünstler mit Hilfe eines schwarzen Gesichts oder auf Grund der Assoziationen damit Themen zulässig machten, die sonst tabu gewesen wären, so waren amerikanische Schriftstellerinnen und Schriftsteller in der Lage, eine imaginierte afrikanistische Persona zu verwenden, um das in der amerikanischen Kultur Verbotene zu artikulieren und imaginativ darzustellen.

Ob kodiert oder explizite, indirekt oder geradeheraus: die linguistischen Reaktionen auf eine afrikanistische Präsenz machen die Texte komplizierter, widersprechen ihnen manchmal regelrecht. Die Reaktion einer Autorin oder eines Autors auf den amerikanischen Afrikanismus ergibt oft einen Subtext, der entweder die ausdrücklichen Intentionen des Oberflächentexts sabotiert oder sich ihnen durch eine Sprache entzieht, die mystifiziert, was zu artikulieren sie nicht über sich bringt, aber dennoch zu registrieren versucht. Linguistische Reaktionen auf den Afrikanismus dienen dem Text darüber hinaus, indem sie sein Thema mit Resonanzen und Erhellungen problematisieren. Sie können als allegorisches Futter beim Betrachten des Gartens Eden, der Vertreibung aus dem Paradies und der Verfügbarkeit von Gnade dienen. Sie sorgen für Paradoxie und Mehrdeutigkeit. Sie setzen Auslassungen, Wiederholungen, Brüche, Polaritäten, Konkretisierungen und Gewalt strategisch ein. Mit anderen Worten: Sie geben dem Text ein intensiveres, reicheres, komplexeres Leben als jenes keimfrei gemachte, das uns üblicherweise vorgesetzt wird.

In seinem Buch über Faulkner merkt James Snead an, daß die Kluft zwischen den Rassen «ihre Defekte am besten in geschriebener Form» offenbart:

> «Man könnte den Rassismus als normatives Herrschaftsrezept sehen, geschaffen von Sprechern, die sich rhetorischer Taktiken bedienen. Die charakteristischen, die Rassenkluft etablierenden Redefiguren wiederholen auf der Ebene von Phonem, Satz und Gesamterzählung: 1. Die Furcht vor Verschmelzung oder vor einem Identitätsverlust durch synergistische Vereinigung mit dem anderen führt zu dem Wunsch, Rassensäuberung als trennende Strategie gegen das Unterschiedliche einzusetzen. 2. Markierung von physisch signifikanten (meist sichtbaren) Eigenschaften oder ihre Besetzung mit entsprechenden inneren Werten, deren begriffliche Brauchbarkeit durch die visuelle Antithese noch verschärft wird. 3. Räumliche und begriffliche Trennung, oft ermöglicht durch ungleiche verbale Substitutionen, die dazu tendieren, eine untergeordnete Klasse zu übergehen und von den

> Bereichen von Wert und Wertschätzung fernzuhalten. 4. Wiederholung oder pleonastische Verstärkung dieser Antithesen im geschriebenen Wort, in erzählten Geschichten oder Berichten. 5. Schmähung und Drohung, exemplifiziert durch willkürliche und unvorhersagbare Gewalt, um reale oder eingebildete Verbrechen zu bestrafen. 6. Aussparen und Verheimlichen des Prozesses durch eine Art Paralipse, die behauptet, Diskriminierung sei selbstverständlich berechtigt und natürlich.»

«Faulkner», schreibt er weiter, «wehrt sich gegen diese gesellschaftlichen rhetorischen Figuren mit eigenen literarischen Kunstgriffen.»*

Von Sneads hilfreichen Kategorien ausgehend, ist es vielleicht nützlich, einige der gebräuchlichsten linguistischen Strategien aufzulisten, die in der erzählenden Literatur angewandt werden, um die ernsten Konsequenzen schwarzer Präsenz zu gewährleisten.

1. Ökonomie der Stereotype. Sie erlaubt dem Autor ein schnelles und einfaches Bild, ohne die Verantwortung, spezifizieren, präzisieren oder gar eine erzählerisch nützliche Beschreibung verfassen zu müssen.

2. Metonymische Verschiebung. Sie verspricht viel, erbringt allerdings wenig und zählt auf die Komplicenschaft des Lesers beim Verstoßen oder Abtun. Der Hautfarbenkode und andere körperliche Merkmale werden zu Metonymen, die den afrikanistischen Charakter eher verdrängen als daß sie ihn herausstellen.

* James A. Snead: *Figures of Division: William Faulkner's Major Novels.* New York: Methuen 1986. S. X–XI.

3. Metaphysische Konzentration. Sie erlaubt es dem Schriftsteller, soziale und historische Unterschiede in allgemeine Unterschiede umzuwandeln. Aus Personen kurzerhand Tiere zu machen, bewahrt vor menschlichem Kontakt und Austausch; Sprache mit Grunzen oder anderen Tierlauten gleichzusetzen, schließt die Möglichkeit der Kommunikation aus.

4. Fetischisierung. Sie ist besonders nützlich beim Beschwören erotischer Ängste oder Wünsche und baut einen festen und gravierenden Unterschied auf, wo ein Unterschied gar nicht besteht oder minimal ist. Blut, zum Beispiel, ist ein allgegenwärtiger Fetisch: schwarzes Blut, weißes Blut, die Reinheit des Blutes; die Reinheit der weißen weiblichen Sexualität, die Verschmutzung durch afrikanisches Blut und afrikanischen Sex. Fetischisierung ist eine Strategie, die oft benutzt wird, um den kategorischen Absolutismus von Zivilisiertheit und Wildheit zur Geltung zu bringen.

5. Enthistorisierende Allegorie. Sie bringt eher einen Ausschluß als Aufschluß hervor. Wenn der Unterschied als so groß dargestellt wird, daß der zivilisierende Prozeß ein unermeßliches Unternehmen wird – das über einen nicht spezifizierten, unendlichen Zeitraum hin stattfindet –, dann wird Geschichte, als ein Prozeß des Werdens, aus der literarischen Begegnung ausgeschlossen. Flannery O'Connors «The Artificial Nigger» hebt darauf ab in bezug auf Mr. Heads triumphierend rassistische Ansichten in dieser brillanten Erzählung. In *Das Herz ist ein einsamer Jäger* entwickelt Carson McCullers Allegorien um ihre Gestalten, um die Unvermeidlichkeit der Distanz und die Fruchtlosigkeit des Monologs zu betrauern. Melville benutzt allegorische

Gebilde – der weiße Wal, die rassisch gemischte Besatzung, die schwarz-weiße Zusammensetzung von männlichen Paaren, der suchende, zweifelnde weiße männliche Kapitän, der sich dem undurchdringlichen Weiß stellt –, um hierarchische Unterschiede zu untersuchen und zu analysieren. Poe bemüht in *Pym* allegorische Mechanismen, nicht um sich, wie Melville es tut, der Sackgasse, der Entfremdung, dem Trugschluß, allem, was rassischer Unterschied nach sich zieht, zu stellen und es zu erforschen, sondern um es zu meiden und gleichzeitig zur Kenntnis zu nehmen. William Styron eröffnet und beschließt die *Bekenntnisse des Nat Turner* mit dem geschlossenen weißen Rahmengefüge, das als allegorisches Bild für die Niederlage seines Unterfangens dient, nämlich die Schranke zwischen Schwarz und Weiß zu durchbrechen.

6. Explosive, zusammenhanglose, repetitive Sprachmuster. Sie weisen auf einen Verlust der Kontrolle im Text hin, der den Gegenständen seiner Aufmerksamkeit zugeschrieben wird anstatt der dem Text eigenen Dynamik.

Ich bin auf diese linguistischen Strategien etwas ausführlicher eingegangen, weil ich sie in einem bestimmten Zusammenhang benutzen will.

Mein Interesse an Ernest Hemingway wird noch größer, wenn ich bedenke, wie weit entfernt von allen afrikanischen Amerikanern sein Werk angesiedelt ist. Womit ich sagen will, daß er weder ein Bedürfnis noch ein Verlangen nach ihnen hat, noch auch nur ein Bewußtsein von ihnen, sei es als Lesern seiner Werke, sei es als Menschen, die überall existieren außer in seiner imaginativen (und imaginativ gelebten) Welt. Mir kommt deshalb die Art, wie er afrikanische Amerikaner benutzt, viel kunstloser und unbefangener vor als beispielsweise die von Poe, bei dem gesellschaftliches Unbehagen die dienstbaren schwarzen Körper in seinem Werk erforderlich machte.

Man könnte Hemingways Werk als unberührt vom ideologischen Programm des neunzehnten Jahrhunderts beschreiben und als ebenso frei von einer, wenn man so will, jüngeren, postmodernistischen Empfindsamkeit. Dies im Sinn, könnte eine Untersuchung darüber, wie Hemingways erzählende Prosa von einer afrikanistischen Präsenz beeinflußt ist – da, wo sie das Geschriebene Lügen straft, sich selbst widerspricht oder sich auf diese Präsenz verläßt, um des Versuchs einer Lösung willen –, als so etwas wie ein «reiner» Fall herangezogen werden, um einige der von mir vorgetragenen Thesen zu testen.

Ich beginne mit dem Roman, der von vielen als seiner Intention nach politischer Roman verstanden wird, *Haben und Nichthaben* (1937 veröffentlicht). Harry Morgan, die zentrale Gestalt, scheint den klassischen amerikanischen Helden zu repräsentieren: ein auf sich gestellter einzelner im Kampf gegen eine Regierung, die seine Freiheit und seine Individualität einschränken möchte. Auf romantische und sentimentale Art hat er Respekt vor der Natur, die er um seines Lebensunterhalts willen (als Hochseeangler) zerstört; er ist kompetent, lebenserfahren, klug und ungeduldig mit denen, die es nicht sind. Er ist männlich, geht Risiken ein, liebt die Risiken und ist seiner Selbsteinschätzung nach so rechtschaffen und schuldlos, daß es schmählich erscheint, dies anzuzweifeln oder in Frage zu stellen. Bevor ich es dennoch in Frage stelle, möchte ich untersuchen, wie Hemingway dem Leser zeigt, daß Harry klug, männlich, frei, mutig und moralisch ist.

Schon nach zehn Seiten begegnen wir in dem Roman der afrikanistischen Präsenz. Harry nimmt einen «Nigger» in seine Mannschaft auf, einen Mann, der den ganzen ersten Teil hindurch keinen Namen hat. Sein Erscheinen wird mit dem Satz signalisiert: «Gerade in dem Moment kommt der Nigger, der den Köder hatte holen sollen, das Dock runter.»* Der Schwarze ist nicht nur fünf Kapitel lang namenlos, er wird nicht einmal angeheuert, sondern ist nur einer «der den Köder hatte holen sollen» – eine trainierte Reaktion –, kein Handelnder, der einen Job hat. Seine Anwesenheit auf der Reise, von dem weißen Kunden, Johnson, beanstandet, wird von Harry mit der Fertigkeit des Schwarzen begründet: «...einen guten Köder konnte er befestigen, und er war fix.» Die restliche Zeit, hören wir, schläft dieser namenlose Mann und liest Zeitung.

Etwas sehr Merkwürdiges geschieht mit dieser Namenlosigkeit, als der Autor im zweiten Teil die Stimme wechselt. Teil eins wird in der ersten Person erzählt, und immer, wenn Harry an jenen Schwarzen denkt, denkt er «Nigger». Im zweiten Teil, wo Hemingway die Perspektive der dritten Person benutzt, um zu erzählen und wiederzugeben, was Harry spricht, erfährt der Schwarze zwei Behandlungsweisen: er bleibt einerseits namenlos und stereotyp und bekommt andererseits einen Namen und eine Persönlichkeit.

* Ernest Hemingway: *Haben und Nichthaben*. Deutsch von Annemarie Horschitz-Horst. Hamburg: Rowohlt 1951.

Harry *sagt* «Wesley», wenn er den Schwarzen direkt anspricht; Hemingway *schreibt* «Nigger», wenn er als Erzähler von ihm spricht. Unnötig zu erwähnen, daß dieser Schwarze niemals als Schwarzer identifiziert wird (außer in seinen eigenen Gedanken). Teil zwei reserviert und wiederholt das Wort «Mann» für Harry. Der räumliche und begriffliche Unterschied wird durch das abgekürzte Verfahren in Gestalt des Ausdrucks «Nigger» markiert, mit all seinen Implikationen von Hautfarbe und Kaste. Der Ausdruck ist in einem Territorium zwischen Mensch und Tier angesiedelt und verweigert so eine Spezifizierung noch in dem Moment, in dem er sie markiert. Diese schwarze Gestalt spricht entweder gar nicht (als «Nigger» ist er stumm), oder sie spricht auf eine sehr fremdbestimmte und manipulierte Weise (als «Wesley» dient das, was er sagt, Harrys Bedürfnissen). Das Schweigen des «Niggers» durchzusetzen erweist sich in dieser handlungsreichen Erzählung als problematisch und verlangt Hemingway einige anstrengende Maßnahmen ab.

In Teil eins bewegt sich das Boot in einem entscheidenden Augenblick während der Fischfangexpedition, die sowohl den Kapitän als auch seinen Kunden enttäuscht hat, in vielversprechendes Gewässer. Harry instruiert Johnson; der Schwarze ist am Ruder. An früherer Stelle hat Harry uns versichert, daß der Schwarze Köder zurechtschneidet und sonst nichts tut, außer daß er liest und schläft. Aber Hemingway merkt, daß Harry nicht an zwei kritischen Stellen zugleich sein kann, daß er nicht dem unfähigen Johnson etwas beibringen und gleichzeitig das Schiff steuern kann. Wichtig ist, sich daran zu erinnern, daß noch eine weitere Person an Bord ist, ein

Alkoholiker namens Eddy, der zu unzuverlässig ist, als daß man ihm die Verantwortung für das Ruder überlassen könnte, dem aber Männlichkeit und Sprache und eine Beschreibung seines Körpers zugestanden wird. Eddy ist weiß, und das wissen wir, weil niemand es erwähnt. Jetzt, da Harry sich um seinen Kunden kümmert und Eddy in schönem Stumpfsinn vor sich hin dämmert, kommt nur der Schwarze für das Ruder in Frage.

Als das Zeichen erscheint, das die fischreichen Gewässer ankündigt – vor dem Bug werden fliegende Fische gesichtet –, müßte eigentlich der Mann von der Besatzung, der nach vorn schaut, sie als erster sehen. Er tut es auch. Das Problem ist nur, wie dieses erste Sichten zur Kenntnis genommen werden und dem «Nigger», der bisher kein Wort gesagt hat, der Mund gestopft bleiben kann. Die Lösung ist ein seltsam unbeholfener, merkwürdig konstruierter Satz: «Der Nigger steuerte noch immer weiter hinaus, und ich blickte mich um und sah, daß er einen Schwarm fliegender Fische gesehen hatte, die vor uns, etwas weiter stromaufwärts, hochsprangen.»

«Sah, daß er ... gesehen hatte» ist unglaubwürdig, was Syntax, Sinn und Zeit betrifft, aber wie andere Möglichkeiten, die Hemingway zur Verfügung stehen, wird diese Lösung riskiert, um einen sprechenden Schwarzen zu vermeiden. Das Problem, das dieser Autor sich damit auflädt, ist, daß er sich fragen lassen muß, wie man denn sieht, daß jemand anders schon gesehen hat.

Eine bessere, mit Sicherheit elegantere Möglichkeit hätte darin bestanden, es den Schwarzen beim Sichten ausrufen zu lassen. Doch die Logik der erzählerischen Diskriminierung verhindert, daß von dieser namenlosen, geschlechtslosen, nationenlosen afrikanistischen Präsenz eine verbale Initiative ausgeht, die für Harrys Geschäft von Bedeutung ist. Derjenige, der die Macht, die Autorität besitzt, sieht. Die Macht des Sehens steht Harry zu; die passive Machtlosigkeit gehört zu dem Schwarzen, obwohl er selbst nicht darüber spricht. Ihn zum Schweigen zu verurteilen, ihm die Gelegenheit eines einzigen wichtigen Worts zu verweigern, zwingt den Autor, seine Suche nach Transparenz im Akt des Erzählens aufzugeben und eine sonderbar stumme Beziehung zwischen Maat und Kapitän aufzubauen.

Was wäre wohl der Preis dafür gewesen, diese Gestalt gleich zu Beginn des Romans zu einem Menschen mit Geschlecht zu machen? Einmal wäre Harry mit Sicherheit sehr anders positioniert – abgegrenzt, definiert – worden. Er hätte mit einem hilflosen Alkoholiker, einem verachtungswürdigen Kunden und einem individualisierten Mannschaftsmitglied mit einem – zumindest implizierten – unabhängigen Eigenleben verglichen werden müssen. Die Gegenüberstellung und die Assoziation Harrys mit einer vagen Präsenz, die sexuelle Erregung, eine mögliche Bedrohung seiner Männlichkeit und Kompetenz, verhüllte Gewalt suggeriert, wäre weggefallen. Ihm hätte schließlich das Komplementäre einer Gestalt gefehlt, von der man irgendwie annehmen kann, daß sie gebunden, fixiert, unfrei und dienstbar ist.

Die Nähe von Gewalt wird gleich zu Beginn des Romans, noch vor dem Auftritt des schwarzen Besatzungsmitglieds, durch die Schießerei vor dem Café betont. Die Kubaner in dieser Szene werden nicht nach ihrer Nationalität unterschieden (alle Menschen, die in Kuba geboren sind, sind Kubaner), sondern danach, ob sie schwarz oder nicht schwarz sind, Kubaner oder Schwarze. Bei diesem Gemetzel werden die Schwarzen als die grundlos Gewalttätigen und Wilden hervorgehoben. Hemingway schreibt:

> «Der Nigger mit dem Tommygewehr drückte sein Gesicht beinahe in die Straße hinein und gab auf die Rückseite des Wagens von unten her eine Salve ab, und wahrhaftig, einer stürzte hin... und auf zehn Fuß schoß ihn der Nigger mit dem Tommygewehr in den Bauch, und das war wohl der letzte Schuß, der drin war... und Freund Pancho setzte sich hart hin und fiel vornüber. Er suchte hochzukommen er hielt immer noch seine Luger fest, aber er konnte seinen Kopf nicht hochkriegen, als der Nigger die Schrotflinte nahm, die an einem Rad vom Auto neben dem Chauffeur lag, und die eine Hälfte seines Kopfes wegschoß. 'ne Nummer, dieser Nigger.»

Im zweiten Teil sprechen Harry und das schwarze Mitglied der Mannschaft dann doch miteinander, und der Schwarze redet eine Menge. Dabei wird jedoch die Dienstbarkeit seiner Rede transparent. Was er sagt und wann er es sagt, dient alles nur dem Ziel, Harry Bewunderung einzubringen. Wesleys Reden beschränken sich auf Murren und Klagen und Entschuldigungen für seine Schwachheit. Drei Seiten lang müssen wir uns das Murren, das Stöhnen, die Schwäche als Wesleys Reaktionen auf seine Schußwunden anhören, bis wir endlich erfahren, daß Harry auch angeschossen ist, und zwar sehr viel schlimmer als Wesley. Im Gegensatz dazu hat Harry nicht nur seine eigenen Schmerzen gar nicht erwähnt, sondern auch Wesleys Gejammer mitfühlend aufgenommen und mit raschen, stoischen Gesten der Mannhaftigkeit die schwierige Arbeit des Steuerns und Überbordwerfens der Schmuggelware verrichtet. Die Auskunft über Harrys sehr viel schlimmere Schmerzen wird aufgeschoben, während wir Wesley zuhören:

«‹Ich bin verwundet…›
‹Du hast's einfach mit der Angst.›
‹O nein. Ich bin verwundet. Und es tut mir verdammt weh. Es hat die ganze Nacht über gepukkert.›…
‹Es tut mir weh›, sagte der Nigger. ‹Es wird immer schlimmer.›
‹Es tut mir leid, Wesley›, sagte der Mann. ‹Aber ich muß steuern.›
‹Du behandelst einen Menschen nicht besser als einen Hund›, sagte der Nigger. Jetzt wurde er giftig. Aber er tat dem Mann immer noch leid.»

Schließlich, als unsere und auch Harrys Geduld erschöpft ist, bekommen wir den folgenden Wortwechsel zu hören: «‹Wer, zum Teufel noch mal, ist schlimmer verwundet, du oder ich?› fragte er. ‹Du bist schlimmer verwundet›, sagte der Nigger.»

Wahl und Reihenfolge der Namengebung («Nigger», «Wesley» und einmal «Neger») mag beliebig und verwirrend erscheinen, aber in Wirklichkeit ist das alles sorgfältig strukturiert. Harry kann im Gespräch zu einem Helfer nicht «Nigger» sagen, ohne den Leser (wenn schon nicht den Helfer) zu beleidigen – und ohne seinen Anspruch auf mitfühlendes Verhalten zu verlieren –, deshalb benutzt er einen Namen. Solche Verant-

wortung wird allerdings nicht von dem die Gesetze er-
108 lassenden Erzähler übernommen, der immer die degradierende Gattungsbezeichnung benutzt: «Der Nigger flennte mit dem Gesicht gegen einen Sack. Der Mann fuhr fort, langsam die Säcke mit dem Sprit hochzuheben und sie über Bord fallen zu lassen.» Als Wesley sich entschuldigt und seine Minderwertigkeit erkannt und akzeptiert hat, kann Harry neben dem Eigennamen auch im Dialog «Nigger» benutzen und tut es – in einer vertraulichen Kameraderie: «‹Mr. Harry›, sagte der Nigger. ‹Es tut mir leid, daß ich nicht helfen konnte, den Stoff zu versenken.› – ‹Teufel nochmal!› sagte Harry. ‹Kein Nigger taugt was, wenn er verwundet ist. Du bist schon ein echter Nigger, Wesley.›»

Ich habe zwei Hauptkategorien von Sprechweisen des Schwarzen erwähnt: Murren und Entschuldigungen. Aber es gibt noch eine dritte. Den ganzen Wortwechsel hindurch, während die beiden Männer leiden – der eine stoisch, der andere winselnd –, kritisiert der Schwarze den Weißen in Gestalt von Entgleisungen zwischen seinem Wimmern und seiner schrecklichen Angst. Es sind interessante Entgleisungen, denn sie zeichnen einen anderen Harry – eine Gestalt von antihumaner Verneinung und bösem Geschick. Solche Entgleisungen kommen in Hemingways Prosa immer wieder vor. Vorwürfe der Unmenschlichkeit, als Prophezeiungen von Verdammnis benutzt, werden wiederholt den Schwarzen, die seine Werke bevölkern, in den Mund gelegt. «Ist denn ein Menschenleben nicht mehr wert als eine Ladung Sprit?» fragt Wesley Harry. «Warum sind die Leute nicht ehrlich und anständig und verdienen sich ihren Unterhalt auf anständige, ehrliche Art?… Ist dir ganz egal, was einem passiert ... du bist ja kaum noch ein Mensch.» – «‹Du bist kein Mensch›, sagte der Nigger. ‹Du hast keine menschlichen Gefühle.›»

Die Brauchbarkeit der afrikanistischen Präsenz, die ich beschrieben habe, ist noch ausgeprägter, wenn Hemingway beginnt, Beziehungen zwischen Mann und Frau zu beschreiben. In demselben Roman hören wir als letzte Stimme die von Harrys hingebungsvoller Ehefrau, Marie, die Tugenden, Männlichkeit und Mut ihres inzwischen toten Mannes aufzählt und preist. Die Bestandteile ihrer Träumerei lassen sich folgendermaßen schematisch ordnen: 1. Der männliche, gute, tapfere Harry. 2. Rassistische Ansichten über Kuba. 3. Schwarze sexuelle Invasion vereitelt. 4. Konkretisierung des Weißseins.

Marie erinnert sich liebevoll an ihn als «keß und stark und schnell und irgendwie wie 'n kostbares Tier. Es haute mich immer hin, wenn ich ihm zusah, wie er sich bewegte.»* Unmittelbar nach diesem Loblied auf Sexualität und Kraft und verehrte (teure) Brutalität sinnt sie über ihren Haß auf die Kubaner nach (die Kubaner haben Harry umgebracht) und sagt, sie «bringen conchs immer Pech» und «bringen allen Menschen Pech. Die haben da auch zu viele Nigger.» Auf dieses Urteil folgt ihre Erinnerung an eine Reise nach Havanna, die sie und Harry machten, als sie sechsundzwanzig war. Harry hatte damals viel Geld, und während sie im Park spazierengingen, sagte ein «Nigger» (nicht etwa «Kubaner», obwohl der Schwarze, von dem sie spricht, sowohl schwarz als auch Kubaner ist) «was» zu Marie. Harry

* Keß: im Original *snotty* = rotzig, gemein. (Anm. d. Übers.)

langte ihm eine und warf seinen Strohhut auf die Straße,
110 wo ein Taxi drüberfuhr.

Marie mußte, wie sie sich erinnert, so lachen, daß ihr der Bauch weh tat. Folgt ein Absatz und, in der eingerückten nächsten Zeile, die nächste Träumerei, die Harry wieder mit Sexualität, Kraft und Schutz verbindet. «Das war damals das erste Mal, daß ich mir mein Haar blond färben ließ.» Die beiden Anekdoten sind durch Zeit und Ort und – bezeichnenderweise – durch Farbe als sexuellen Kode verbunden. Wir wissen nicht, was der Schwarze sagte, das Fürchterliche daran ist, daß er überhaupt etwas gesagt hat. Es reicht aus, daß er sprach, sich vielleicht eine Intimität, auf jeden Fall aber eine Ansicht anmaßte und sein sexuelles Ich in ihren Raum und ihr Bewußtsein schob. Dadurch daß er die Bemerkung machte, wurde er zu einer sprechenden, mithin aggressiven Präsenz. In Maries Erinnerung vermischen sich Sexualität, Gewalt, Klasse und die Vergeltung durch eine unparteiische Maschine zu einem Allzweck-Schwarzen.

Das Paar, Marie und Harry, ist jung und verliebt und hat offenbar genug Geld, um sich auf Kuba mächtig zu fühlen und es auch zu sein. In dieses Eden bricht der gewalttätige schwarze Mann ein und macht freche Bemerkungen. Der Mangel an Achtung mit seinen sexuellen Obertönen wird sofort durch Harrys Gewalttätigkeit bestraft. Er ohrfeigt den schwarzen Mann. Überdies hebt er den heruntergefallenen Strohhut auf, womit er sich am Eigentum des schwarzen Mannes vergreift, so wie der Schwarze Harrys Eigentum – seine Ehefrau – befleckt hat. Als das Taxi, die unmenschliche, anstürmende, unparteiische Maschine, den Hut überfährt, ist es, als eilte das Universum herbei, um sich an Harrys Reaktion zu beteiligen und sie für rechtsgültig zu erklären. Diese zusätzliche Unterstreichung bringt Marie zum Lachen – unabhängig von ihrem offensichtlichen Gefallen an diesem ihrem «starken und schnellen» Ehemann und ihrer Bewunderung für ihn.

Die folgenden Ereignisse im Friseursalon werden als etwas hingestellt, das mit der ersten Episode – der schwarzen Invasion in die Privatsphäre und den sexuellen Andeutungen, vor denen Marie geschützt werden muß – in Verbindung steht und sich davon ableitet. Der Drang, einen Unterschied herzustellen – einen Unterschied innerhalb des sexuellen Kontextes –, ist das, was sie beherrscht. Marie erzählt uns ihre Verwandlung von Schwarz zu Weiß, von Dunkel zu Blond. Es ist ein schmerzhafter, aufwendiger Prozeß, aber es zeigt sich, daß die Schmerzen sich gelohnt haben, sich sexuell und was ihren Schutz und den Unterschied betrifft, auszahlen: «Den ganzen Nachmittag haben sie es bearbeitet, und es war von Natur so dunkel, daß sie es erst nicht machen wollten… aber ich sagte ihnen immer wieder, sie sollten doch versuchen, es etwas heller zu machen… aber alles, was ich sagte, war: Ach, sehen Sie doch zu, ob Sie es nicht ein bißchen heller machen können.»

Als das Bleichen und Dauerwellen beendet ist, erlebt Marie eine eindeutig sinnliche, wenn nicht geradezu sexuelle Befriedigung: «…als ich es mit der Hand anfaßte, und ich konnte nicht glauben, daß *ich* das war, und ich war so aufgeregt darüber, daß es mich ordentlich würgte… ich war so aufgeregt, und mir war ganz komisch, richtig schwummerig.» Es ist eine echte Verwandlung. Marie wird zu einem Wesen – sie kann es selbst kaum fassen: golden und weich und seidig.

Ihre eigene sinnliche Reaktion auf ihre Weißwerdung findet ihr Echo in Harry. Als er sie sieht, sagt er: «Jesus, Marie. Gott, bist du schön!» Und als sie noch mehr über ihre Schönheit hören will, hindert er sie am Reden und sagt nur: «Komm, wir gehen ins Hotel.» Diese gesteigerte sexuelle Reaktion folgt der sexuellen Zudringlichkeit durch einen schwarzen Mann auf dem Fuße.

Was wäre wohl die Folge gewesen, wenn die Marie zugefügte Beleidigung von einem Weißen gekommen wäre? Wäre auch dann das Bleichen gefolgt? Und falls ja, wäre es in einer so üppigen, sexuell überhöhten Sprache geschildert worden? Wie wirkt sich das Herstellen des Unterschieds, die Verwandlung von Dunkel zu Hell auf die Vorstellung von der eigenen Person als einem sexuell lebendigen und potenten Wesen aus? So machtvoll und in Übereinstimmung mit der Welt?

Diese Touristen begegnen in Havanna einem Menschen, der in dieser Stadt zu Hause ist, und haben einen privilegierten Status, weil sie weiß sind. Aber um uns zu versichern, daß dieser Status verdient und, wie uns bedeutet wird, überaus fruchtbar ist, treffen sie auf einen sie belästigenden, körperlich minderwertigen schwarzen Mann (seine Minderwertigkeit zeigt sich daran, daß Harry nicht die Fäuste benutzt, sondern ihn ohrfeigt), der die gesetzeswidrige Sexualität repräsentiert, die – durch den Vergleich – die Erzählung zu einer Betrachtung über ein überlegenes, legales, weißes Gegenstück anspornt.

Hier sehen wir, wie der Afrikanismus als grundlegende Erzähltechnik benutzt wird, mit deren Hilfe sich eine Gestalt aufbauen läßt. In einem Milieu, das für die drohende Auflösung aller Werte steht – dem Milieu der arbeitenden Armen, der Arbeitslosen, der sinistren Chinesen, terroristischen Kubaner, der gewalttätigen, aber feigen Schwarzen, der Oberklassen-Kastraten, der raubtierhaften Frauen –, gewinnen Harry und Marie (eine ehemalige Prostituierte) Potenz, eine fruchtbare Sexualität. Sie werben um unsere Bewunderung durch den Vergleich, der zwischen ihrem Anspruch auf voll verwirklichte Menschlichkeit und einem diskreditierten Afrikanismus gezogen wird. Die Stimme des Textes leistet Beihilfe bei diesen Schablonisierungen: der Afrikanismus wird nicht nur zum Mittel, Autorität zu entfalten, sondern stellt überhaupt erst ihre Quelle dar.

Die Strategien, nach denen in *Haben und Nichthaben* Afrikanismus benutzt und verteilt wird, zeigen sich noch raffinierter in einem anderen Werk Hemingways, über das ich hier sprechen möchte. In dem postum veröffentlichten Roman *Der Garten Eden* wird der ideologische Afrikanismus metaphorisch so ausgeweitet, daß er – vermittels einer afrikanistischen diskursiven Praxis und einer afrikanistischen Mythologie – als systematische Artikulierung einer ganzen Ästhetik fungiert. Der Afrikanismus – Farbe zum Fetisch erhoben, Schwarzsein, dem die Macht gesetzeswidriger Sexualität, des Chaos, des Wahnsinns, des Unschicklichen, der Anarchie, der Fremdheit und des hilflosen, unseligen Begehrens zugewiesen wird – bildet ein phantastisches Feld für einen Roman, der die Begriffe prägt und eine vollständige, wenn auch nirgendwo formalisierte Ästhetik entwirft. Bevor ich dieses ästhetische Feld beschreibe, möchte ich jedoch auf eines der besonderen Anliegen des Autors eingehen.

Hemingways romantische Anhänglichkeit an eine
114 Krankenschwester ist in seinem erzählerischen Werk, in der Literaturwissenschaft, in biographischen Daten und seit kurzem auch durch die veröffentlichten Erinnerungen der betreffenden Krankenschwester selbst gut dokumentiert. Der verwundete Soldat und die Krankenschwester ist ein vertrauter Topos und enthält garantiert rührende Elemente. Sich in einer schwierigen, sogar lebensbedrohlichen Lage zu befinden und dann jemanden zu haben, der einem mit Hingabe hilft, dafür bezahlt wird, daß er hilft, ist tröstlich. Und wenn man auf dramatische Gesten von Selbständigkeit versessen ist, begierig zu beweisen, daß man schon allein zurechtkommt (ohne zu klagen), dann verletzt eine Krankenschwester, die sich, aus eigenem Antrieb oder weil sie dafür bezahlt wird, um einen kümmert, das Bild des tapferen, stillen Leidenden, das man von sich hat, überhaupt nicht. Bedürftigkeit kommt gar nicht erst ins Bild; um Hilfe bitten kommt überhaupt nicht in Frage, und die Wohltaten, die der aufmerksamen, professionellen Fürsorge entspringen, ziehen keine emotionale Schuld nach sich.

Einige der anderen Frauen in Hemingways Romanen und Erzählungen, die Objekte der Begierde werden, tragen die typischen Merkmale von Krankenschwestern, ohne daß sie deren professionellen Status haben. Ihrem Wesen nach sind sie die guten Ehefrauen oder die guten Geliebten, dienend, einfühlsam, Frauen, denen nie gesagt werden muß, was der geliebte Mann braucht. Solche vollkommenen Krankenschwestern sind selten, jedoch wichtig, denn sie dienen als Bezugspunkt, auf den die Prosa sehnsüchtig hinzielt. Üblicher sind die Frauen, die ihre pflegenden Fähigkeiten aufgeben oder Schwierigkeiten haben, sie aufrechtzuerhalten: Frauen, die den stumm Leidenden zerstören, ihm weh tun anstatt ihn zu hegen und zu pflegen.

In Anbetracht der ausschließlich männlichen Welt, die Hemingway gewöhnlich lieber bewohnt, wäre es allerdings ein Versäumnis, nicht zu bemerken, daß es auch in der maskulinen Domäne Krankenschwesterngestalten gibt. Diese Gestalten sind ebenso hingebungsvoll, einfühlsam und den Bedürfnissen des Erzählers dienlich wie die wenigen weiblichen Krankenschwestern. Manche dieser männlichen Krankenschwestern oder Ammen sind ausgesprochen und unverblümt zartfühlende Helfer – ohne einen anderen Lohn für ihre Fürsorge zu erhalten als eine minimale Vergütung oder die Freude, die ein zufriedener Patient bereitet. Andere männliche Krankenschwestern dienen dem Erzähler nur widerwillig, mürrisch, sind aber außerordentlich großzügig in der Art und Weise, in der sie dem Text dienen. Ob kooperativ oder mürrisch, Tontos sind sie allesamt, deren Rolle es ist, alles erdenklich mögliche zu tun, um dem Lone Ranger zu dienen, ohne ihn in seiner milden Selbsttäuschung zu stören, daß er tatsächlich allein sei.

Der Vergleich ist hier angemessen, da der Ranger bei Hemingway nicht nur unweigerlich von seinen Tontos begleitet wird, sondern seine Krankenschwesternmänner fast immer schwarz sind. Von den afrikanischen Trägern, die in den Jagdgründen Afrikas die Lasten des weißen Mannes schleppen, über die Köder schneidenden Helfer an Bord von Fischerbooten und die treuen Begleiter alternder Boxer bis hin zu dienenden Barkeepern – das Aufgebot an hilfreichen schwarzen Krankenschwestern-Ammen-Männern ist beeindruckend.

Neben ihren befähigenden Eigenschaften gibt es auch
 einige lähmende. Wenn ihr Rang und Status vom Erzähler einmal klargestellt und von dem Schwarzen akzeptiert ist, dann sagen sie manchmal außerordentliche Dinge. Sam, der schwarze Mann in «Die Killer», erklärt Nick, daß «kleine Jungs immer wissen, was sie tun wollen» und schaut verächtlich und abfällig auf das, was Nick als seine Verantwortung übernimmt, womit er Nicks Mannhaftigkeit lächerlich macht. Wesley sagt zu Harry Morgan: «Du bist kein richtiger Mensch nicht.» Träger erzählen Francis Macomber, daß der Löwe lebendig sei, und der Büffel auch. Bugs wird in «Der Kämpfer» als ein verrückter Schwarzer mit sanfter Stimme beschrieben. Nach Kenneth Lynn «bemuttert» Bugs den durch seinen Beruf deformierten ehemaligen Boxer Ad, indem er ihm «köstliche Sandwiches mit gebratenem Schinken und Eiern zubereitet und mit unermüdlicher Höflichkeit von ihm als Mister Francis spricht. Doch der fürsorgliche Neger ist auch ein Sadist, wie das abgenutzte Leder des Totschlägers, den er mit sich herumträgt, stumm bezeugt. Master wie Sklave, Vernichter wie Pfleger, ist dieser schwarze Mann eine weitere von Hemingways dunklen Mutterfiguren.»* Obwohl dieser Kritiker das Etikett «Mutter» benutzt, extrapoliert er nicht die biologische Beziehung, sondern die Fürsorglichkeit und Pflegebereitschaft, die in dem Wort steckt. Wenn Ad sich nicht fügt, brät ihm Bugs eins mit seinem Totschläger über. (Man erinnere sich an den Sklaven Jupiter in Poes «Goldkäfer», der eine ähnliche Erlaubnis hat, seinen

* Kenneth S. Lynn: *Hemingway.* New York: Simon and Schuster 1987. S. 272–273.

Herrn auszupeitschen.) Bugs hat auch die Gabe der Prophezeiung: «Er sagt, daß er nie verrückt gewesen ist», sagt Ad zu Bugs. Bugs erwidert: «Da hat er ja noch allerhand vor sich.» Lynn merkt an, daß Hemingway in den späten fünfziger Jahren einem Freund «eine erstaunliche Empfindsamkeit gegenüber diesen ominösen Worten» offenbaren sollte, «so als betrachte er sie als eine in Erfüllung gegangene Prophezeiung».

Gleichgültig, ob es treue oder widerspenstige Krankenschwestern sind, die den Körper des Herrn pflegen *und* schlagen, artikulieren diese schwarzen Männer das Verhältnis des Erzählers und leugnen die Konstruktion, die der Protagonist-Erzähler von sich selbst entwirft. Sie modifizieren sein Selbstbild; sie verletzen die erste und wichtigste Funktion der Krankenschwester, nämlich Linderung zu verschaffen. Kurz, sie zerstören, subtil und wirkungsvoll, des Erzählers Konstruktion von der Wirklichkeit. Uns als Lesern bleibt nichts anderes übrig, als uns zu fragen, was wir mit solchen Prophezeiungen, diesen Feder-Fehlleistungen, diesen klaren und verdeckten Störungen anfangen sollen. Und uns außerdem zu fragen, warum sie so häufig schwarzen Männern in den Mund gelegt werden.

Es ist, als sei die Krankenschwester ganz außer Kontrolle geraten. Die andere Seite des Pflegens, das Gegenteil der helfenden, heilenden Hand, finden wir in der Gestalt der Zerstörung – das alles verschlingende Raubtier, dessen unmenschliche und gleichgültige Impulse unmittelbar Gefahr bedeuten. Niemals still, immer hungrig, sind diese Gestalten dennoch verführerisch, schwer faßbar und theatralisch in ihrer Mischung aus Macht und Betrug, Liebe und Tod.

Die verschlingenden Eigenschaften werden Frauen wie Mrs. Macomber verliehen, Frauen, die ihre Partner lieber abschlachten, als sie im Vollbesitz ihrer Kräfte und unabhängig in ihrer Stärke zu sehen. Hemingway beschreibt die Ehefrau in «Schnee auf dem Kilimandscharo» als «diese freundliche Hüterin und Zerstörerin seiner Begabung». Die schwarzen männlichen Krankenschwestern mögen Zerstörung und Verhängnis verbalisieren, Männlichkeit ablehnen und ihr widersprechen, Antagonismen einführen und repräsentieren, aber die afrikanistischen Kodes halten sie trotzdem in ihrer Pflegefunktion fest. Die weiblichen Krankenschwestern geben – als Ehefrauen und Geliebte, deren wichtigste Rolle die Fürsorge ist – Akten der Zerstörung verbalen Ausdruck und führen sie aus. Sie sind Raubtiere, Haie, unnatürliche Frauen; sie verbinden die Merkmale der Krankenschwester und Amme mit denen des Hais. Diese Verbindung führt uns einen Augenblick lang zurück zu *Haben und Nichthaben*.

In einer leidenschaftlichen Liebesszene, in der sogar Harrys Armstumpf am Liebesspiel beteiligt ist, fragt Marie ihren Mann:

> «‹Sag mal, hast du's jemals mit einem Niggermädchen getrieben?›
> ‹Gewiß.›
> ‹Wie ist es denn?›
> ‹Wie mit einem Haifisch.›»*

* Im Original: «Like nurse shark», wörtlich: «Wie Ammenhai.» (Anm. d. Übers.)

Diese außerordentliche Bemerkung spart Hemingway sich genüßlich für die Beschreibung einer schwarzen Frau auf. Hier klingt stark die Vorstellung durch, daß eine schwarze Frau das vom Menschlichen am weitesten entfernte Ding ist, so weit entfernt, daß sie nicht einmal ein Säugetier, sondern ein Fisch ist. Das Bild evoziert einen räuberischen, verschlingenden Erotizismus und signalisiert die Antithese zur Weiblichkeit – zum Nähren, Säugen, Versorgen. Kurz, Harrys Worte markieren etwas in seiner bildlichen Darstellung so Brutales, Gegensätzliches und Fremdes, daß es nicht zu seiner eigenen Spezies gehört und nicht in eine Sprache, in eine Metapher oder ein Metonym zu fassen ist, die etwas evozieren, das der Frau ähnlich wäre, mit der Harry spricht – seiner Ehefrau Marie. Die Freundlichkeit, die er Marie damit erwiesen hat, ist augenfällig. Seine Projektion schwarzer weiblicher Sexualität hat sie mit Trost erfüllt, für den sie gebührend dankbar ist. Sie reagiert auf diese Freundlichkeit mit einem Kichern: «Du bist komisch.»

Es wäre unverantwortlich und ungerechtfertigt, Hemingway die Gedanken seiner Gestalten unterstellen zu wollen. Harry ist derjenige, der meint, eine schwarze Frau sei wie ein Ammenhai, nicht Hemingway. Ein Autor ist nicht persönlich Rechenschaft schuldig für die Taten seiner fiktiven Geschöpfe, auch wenn er für sie verantwortlich ist. Und mir ist keinerlei Hinweis bekannt, der mich davon überzeugen könnte, daß Hemingway Harrys Ansichten teilte. Es gibt sogar Beweise, die das Gegenteil nahelegen.

In *Der Garten Eden* verbringt Catherine, die Ehefrau des Erzähler-Protagonisten, David Bourne, ihre Tage damit, sich zu bräunen, und sie wünscht sich diesen Prozeß des Dunklerwerdens eindeutig aus vielschichtigen und nicht kosmetischen Gründen. Schon früh in dem Roman fragt David sie nach dieser, wie ihm und uns scheinen will, die Ästhetik ihres Körpers betreffenden Obsession:

> «‹Wozu willst du so braun werden?›
>
> ‹Weiß ich nicht. Wozu will man überhaupt irgendwas? Es ist eben jetzt das, was ich am liebsten will. Was uns fehlt, meine ich. Findest du es nicht erregend, wenn ich so braun werde?›
>
> ‹Mhm. Es gefällt mir sehr.›
>
> ‹Hast du je geglaubt, ich könnte so braun werden?›
>
> ‹Nein, schließlich bist du blond.›
>
> ‹Aber ich kann es, weil ich eine typische Löwenfarbe habe, und da kann man so braun werden. Aber ich will an allen Stellen braun werden, und das kommt ja auch allmählich, und du wirst dunkler werden als ein Indianer und damit setzen wir uns noch stärker von den Leuten ab. Jetzt weißt du, warum das so wichtig ist.›»*

Catherine versteht sehr wohl die Assoziation von Schwarzsein mit Fremdsein, mit Tabu – sie versteht auch, daß Schwarzsein etwas ist, das man «haben» oder sich aneignen kann; es sei das einzige, was ihnen fehle, sagt sie zu ihm. Weißsein wird hier als Mangel empfunden. Sie begreift, daß dieser Erwerb von Schwarzsein sie und David ausgrenzt und ein unbeschreibliches Band

* Ernest Hemingway: *Der Garten Eden.* Deutsch von Werner Schmitz. Reinbek bei Hamburg: Rowohlt 1987.

zwischen ihnen knüpft – sie in der Entfremdung vereinigt. Als dieser Mangel überwunden ist, wird er zum Dogma erhoben. Die Wirkung wird noch verstärkt durch Catherines zweite Obsession, nämlich ihre Haare zu blondieren. Diese beiden Färb-Gesten – Schwärzen und Bleichen – sind Kodes, die Catherine auch David aufdrängt (seinem Körper einschreibt und in seine Gedanken setzt), um die Betonung des Geschwisterlich-Zwillinghaften zu verstärken, die weitere sexuelle Erregung hervorbringt.

Das Paar ist nicht zufrieden mit der Bruder-Schwester-Beziehung; sie wünschen sich die weitere Akzentuierung des Zwillinghaften, wie sie die Farbkodierung, ähnlich wie der Abzug von einem Negativ, bewirkt. (Die Erregung über den Bruder-Schwester-Inzest ist auch Gegenstand der Geschichte, die der Schwarze Bugs in «Der Kämpfer» Nick erzählt, um ihm zu erklären, warum Ad verrückt geworden ist: Ads Ehe ist auf das Gerücht hin, daß seine Frau seine Schwester sei, in die Brüche gegangen.)

Diese Geschichte, in Szene gesetzt von einem geschwärzten Paar im *Garten Eden*, ist durch das Verbotene geprägt und hervorgehoben. Die lüsterne Illegalität wird noch verstärkt durch die Assoziationen, die unaufhörlich zwischen Dunkelheit und Verlangen, Dunkelheit und Irrationalität, Dunkelheit und dem erregenden Reiz des Bösen hergestellt werden. Als «Teufelssachen», «Nachtsachen» beschreibt Hemingway Davids und Catherines Gelüste, und «Teufel» wird sogar Catherines Spitzname. «Sieh mich doch an», sagt sie, nachdem beide sich die Haare haben schneiden und bleichen lassen. «Genauso siehst du auch aus... Und jetzt sind wir verdammt. Ich war's schon und jetzt bist du's auch. Schau mich an und sieh, wie sehr es dir gefällt.»

Die bemerkenswerten und offenkundigen Hinweise auf Bruder-Schwester-Inzest und von Transsexualität haben den größten Teil der Sekundärliteratur beschäftigt, die über diesen Roman veröffentlicht wurde. Unbemerkt blieb das afrikanistische Feld, auf dem das Drama bis zum Ende spielt. Wie ein Echo auf Maries Stelldichein beim Friseur, das durch das eben erlebte Schreckgespenst schwarzer Sexualität erzwungen wird, redet Catherine sich ein, daß sie zwar regelmäßiges Haarbleichen braucht, aber kein Bräunen mehr. «Eigentlich trage ich sie ja nicht», sagt sie über ihre Bräune. «Ich bin sie. Ich bin wirklich so dunkel. Die Sonne bringt das nur hervor.»

Catherine ist sowohl schwarz als auch weiß, sowohl männlich als auch weiblich und versinkt in den Wahnsinn, als Marita erscheint, die «wahre» Krankenschwester mit hingebungsvollen normalen Pflegefunktionen. Und es sollte erwähnt werden, daß Marita von Natur aus dunkel ist, mit einer Haut wie die Javaner, eine Frau, die David von Catherine als heilender Balsam angeboten wird. Das bildliche Geschenk, das Harry Marie gibt, wird hier analysiert und neu formuliert: Catherine, der Hai, schenkt David als einen Akt der Freundlichkeit eine dunkle Krankenschwester. Ihre eigene Stillfähigkeit – ihre Brüste – bezeichnet sie als ihre Mitgift. Neu und machtvoll und ihr gehörend ist das gebleichte weiße Haar mit dem Männerschnitt. Es ist eine Verwandlung, die Hemingway als «dunkle Magie» beschreibt.

«... wenn wir nach Afrika fahren, werde ich auch dein afrikanisches Mädchen sein», sagt Catherine zu ihm. Wir sind zwar nicht ganz sicher, was das genau für sie bedeutet, aber wir wissen, was Afrika für ihn bedeutet. Die Verfügbarkeit als weißer, leerer Raum, in dem er sich behauptet, eine noch unerschaffene Leere, die sich bereit, wartend, seiner künstlerischen Imagination anbietet, seiner Arbeit, seinen Stories, ist unmißverständlich.

Kernstück des Romans ist «Eden»: die Geschichte, die David über seine Abenteuer in Afrika schreibt. Es ist eine Geschichte, die von männlichen Bindungen überbordet, eine Vater-Sohn-Beziehung, und noch der Elefant, dem sie auf der Spur sind, ist seinem männlichen Gefährten treu. Dieses fiktive, afrikanisierte Eden wird befleckt durch die Ereignisse des größeren afrikanistischen Edens von Catherine und David. Ein Afrika, das in Davids Vorstellung unschuldig ist und unter weißer Herrschaft steht, ist die innere Geschichte; ein Afrikanismus, der in Davids Vorstellung böse, chaotisch, undurchdringlich ist, bildet die äußere Geschichte.

Die innere Geschichte wird von Catherine verachtet und schließlich zerstört. Sie findet sie langweilig, bedeutungslos. David sollte statt dessen lieber über sie schreiben. Der Leser wird dazu gebracht, ihren egoistischen Narzißmus zu verstehen und sich davon abgestoßen zu fühlen. Aber in Wirklichkeit hat sie recht. Zumindest meint Hemingway das, denn die Geschichte, die wir lesen, und die, die er geschrieben hat, handelt ja von ihr. Die afrikanische Geschichte, um die David schreibend ringt (und die er schreiben kann, als Marita, die authentische dunkle Krankenschwester, die Situation in die Hand nimmt), ist ein alter vertrauter Mythos: Afrika als Eden vor und nach dem Sündenfall, wo man sich, wie in «Schnee auf dem Kilimandscharo» daranmacht, «sich das Fett von der Seele herunterzuarbeiten».

Diese Geschichte, die Catherine verbrennt, hat ihren
124 Wert als gehätschelte männliche Enklave weißer Herrschaft und weißen Abschlachtens, vervollständigt durch afrikanische Diener, die Davids «Schuld und Wissen» teilen. Aber die Erzählung, die sie rahmt, die geschwärzte, afrikanistische Geschichte, ist ein ausführlicher Kommentar zu einem ästhetisierten und mythologisierten Schwarzsein. Beides sind phantastische Erzählungen. Beide sind den Bereichen von Begehren und Bedürfnis abgewonnen. Beide wurden erst ermöglicht durch den diskursiven Afrikanismus, der dem Autor zur Verfügung stand.

Ich möchte schließen mit der Bemerkung, daß diese Gedankengänge sich nicht auf die Einstellung eines bestimmten Autors zur Rassenfrage beziehen. Das ist eine andere Angelegenheit. Die Forschung über amerikanischen Afrikanismus sollte meiner Ansicht nach aus Untersuchungen darüber bestehen, wie eine nichtweiße afrikanistische Präsenz und Persona in den Vereinigten Staaten konstruiert – erfunden – wurde und welchen literarischen Zwecken diese künstlich verfertigte Präsenz gedient hat. Ich meine keineswegs Untersuchungen dessen, was als rassistische oder nichtrassistische Literatur bezeichnet werden könnte, und ich maße mir kein Urteil an (noch ermutige ich irgend jemanden dazu) über die Qualität eines Werkes, das sich auf die Einstellungen eines Autors oder auf Vorstellungen irgendwelcher Gruppen gründet. Solche Urteile lassen sich natürlich fällen und werden gefällt. Jüngere Forschungsarbeiten über Ezra Pound, Céline, T. S. Eliot und Paul de Man fallen mir dazu ein. Aber solche Belange sind nicht Ziel und Zweck dieser Übung (auch wenn sie in ihre Reichweite fallen). Mein Projekt ist ein Bemühen darum, den kritischen Blick vom rassischen Objekt zum rassischen Subjekt zu wenden; von den Beschriebenen und Imaginierten zu den Beschreibenden und Imaginierenden; von den Dienenden zu den Bedienten.

Ernest Hemingway, der so unwiderstehlich darüber schrieb, was es hieß, ein männlicher weißer Amerikaner zu sein, konnte nicht umhin, in sein Unternehmen amerikanischer Literatur deren afrikanistische Eigenschaften einzuschließen. Aber es wäre zu schade, wenn die kritische Auseinandersetzung mit dieser Literatur jene Texte weiterhin mit Lack überzöge und damit ihre Komplexität, ihre Macht und ihre Leuchtkraft unmittelbar unter der festen, reflektierenden Oberfläche erstarren ließe. Wir alle, Leserinnen und Leser, Schriftstellerinnen und Schriftsteller, werden um etwas gebracht, wenn die Literaturwissenschaft zu höflich bleibt oder zu ängstlich, um eine zerreißende Dunkelheit vor ihren Augen zu bemerken.

TONI MORRISON

Teerbaby
Roman
Deutsch von Helga Pfetsch
368 Seiten. Gebunden und als
rororo Band 13548

Menschenkind
Roman
Deutsch von Helga Pfetsch
384 Seiten. Gebunden und als
rororo Band 13065

Jazz
Roman
Deutsch von Helga Pfetsch
256 Seiten. Gebunden

Sehr blaue Augen
Roman
rororo Band 4392

Sula
Mit einer Auswahl von Essays
zu diesem Roman
rororo Band 5470

Solomons Lied
Roman
rororo Band 13547

Rowohlt